孤独の力

五木寛之

東京書籍

孤独の力　目次

装丁　片岡忠彦
写真　Grant Faimt / Getty Images

孤独の力

孤独と不安

「孤独《こどく》」というものについて、考えてみたいと思う。

孤独とは何か。孤独とは普通言われるようにただ恐ろしくて、厭《いと》うべきだけのものなのか。

最近では「孤独死」と言わずに、「単独死」と言ったりする。ＮＨＫのドキュメンタリーで単独死を扱った番組が大きな話題になったことがあった。

その番組の中では、下町などにあるアパートの一室で、だれにも知られないうちに一人で亡くなり、何か月もたってから発見された老人などのエピソードが多く紹介され、視聴者へ大きなショックを与えたのである。

ＮＨＫの番組に代表されるように、現代人が不安に思っている要因の一つとして、老後の問題を含めて、「孤独」というものが、不安な、非常に忌避《きひ》すべきものとして捉えられているようだ。

一人で死ぬことへの不安は、高齢者《こうれいしゃ》だけではない。私のまわりの若い女性なども、「一人で死んでいるのが発見されるのだけはイヤ」と、それだけの理由で結婚をあせる気持ちになる人もいる。

その一方で、「おひとりさまの老後」が話題になった時期もあった。

いずれにしろ「孤独死」「単独死」は、これからどんどん増えていくだろう。

それにどう対処するか、という問題も重要なのだが、その前に考えるべきことがあるのではないか。そもそも、人は本来孤独を恐れるべきものだろうか。孤独はただ避けるほうがいいのか。

人がみな仲良く手を取り合い、ぬくもりを感じながら生きてゆくこと。とくに震災《しんさい》後に多く語られるのは、「絆《きずな》」を求めて生きてゆくことの価値である。それが人間の理想なのか、私には判然としないのである。

孤独の中に、何か見いだすべきものがあるのではないか。人間は、他人と共生をしながら、じつは、こころの中で孤独をひそかに求めている、そういう気持ちもあるのではないか。

むしろ、孤独の持っている可能性というものをいま、私たちは冷静に見つめ直すべきではなかろうか。

古来、孤独な人間というのはたくさんいた。

といっても、私個人も、このやっかいだが切実なテーマについて、断定的に結論づけようとは思わない。自分の見てきたものや歴史上の人物などに触れながら、右往左往しながらも、一緒に考えていくしかないだろう。

ただ一つだけはっきりしていること。それは、私もみなさんも、だれもがいずれ一人で、孤独の中で死ななくてはならないということだ。

それは看取《みと》る人がいるかどうかという問題ではない。結局、孤独に生き、孤独に死んでゆく。その事実は、否定しようがないからである。

孤独からの逃避

先日、私鉄の電車に乗った。

私が立っている前の席が八人がけで、そのうちの六人が携帯《けいたい》電話を見ていて、他の二人は何か読んでいた。一人はコミックで、もう一人が読んでいるのは文庫本だった。いまどき文庫本を読んでいる人がいるのは本当に珍しいので、ほーう、と思って、何を読んでいるのだろうと思ったがわからない。

そうか、自分の若い頃は、八人坐っていれば六人ぐらいは雑誌とか文庫本とかを読んでいた時代もあったのにな、と思った。

現在は、小・中学生から始まり、高校生や大学生、社会人すべて、いわゆるSNSと呼ばれる、ラインとかフェイスブックとかツイッターなどのネットワークに費《つい》やす時間がものすごく多いのだそうである。

みな、人と人との「つながり」を求めている。それは一刻の空白もゆるされない。もっとも恐怖なのは、相手が「既読《きどく》」しているマークがあるのに無視される、「既読スルー」であるという。

その状況はこの電車の中の光景を見れば一目瞭然《いちもくりょうぜん》である。若者は、いまやSNSと無縁の人のほうが変わりものだとみなされるだろう。

その気持ちは、わかるような気がするのだ。その背景にあるのは、孤独であるということに対する不安と恐れのようなものではないかと思う。

いま、絆を求める声は澎湃《ほうはい》として起こっていて、人びとがつながりや連帯というものを強く求めているのは事実だろう。

しかし、あるとき私が、若い女性に、

「最近はデモに行く人も少なくなったね」と言ったら、

「デモというのは、知らない人と腕を組むんですか」と聞かれた。

「いやそれは、知らない人とも腕を組むよ」と言うと、

「そんなのイヤだ。気持ちが悪い」

と、一蹴《いっしゅう》された。

そんな時代なんだな、と思った。つまり、人と肌を接して腕を組んで、ともに歩くようなことは嫌だ。そういう連帯の仕方は嫌なのだ。といって、孤独というのも恐ろしい。

このように、人と人とがつながるということが、あまり濃密に、脂《あぶら》のような濃《こ》い関係であることはうっとうしい。だけど、まったく孤独でいることには耐えがたい。

あいだに何かワンクッションを置いて、さらっと付き合いたい。そんな気持ちで、みなが孤独から逃《のが》れる道を携帯に求めている。「孤独からの逃避《とうひ》」であろうか。

対面して話すには、プレッシャーがある。言いにくいことを言わなければならないこともある。

しかし、メールだと、ふだん言いにくいことでも、ちょいと書いたりできるような気が

する。「つぶやく」（ツイート）ことはさらに気楽だろう。

手紙にして文章を書くとなるとまた、自分の存在感が出すぎてきつい、ということらしい。そんな中で、だれもが孤独から逃れる道を探している。

仲間と腕を組み合って、体温が感じられるような接触の仕方は望まないけれども、といって、みんなにシカトされるというか、孤立するのは困る。つかず離れずのような関係性をつねに維持したい。

そういう願望が現代人の中に、子供から大人まで、急激に広がっているのではないかなという気がする。

そうした、孤独でありたくないという希求《ききゅう》の中に刷りこまれているものは、「孤独はよくない」、「孤独は間違っている」という考え方だろう。

先に書いたように、孤独であるということは、みすぼらしいことであり、情けないことであり、敗者の生き方なのだというような先入観。それが私たちのこころの中に刷りこまれているから、クラスや会社の中で孤立することはいじめと同義となってしまう。

二〇〇八年の秋葉原の通り魔事件の容疑者《ようぎしゃ》が、自分が携帯サイトの掲示板に書きこんだのに反応がほとんどなかったことへの苛立《いらだ》ちとみじめな思いが、犯行の大きな動機となったということも、ありうるような気がするのだ。

いま私たちは否《いや》でも応《おう》でもメールやツイッターの中で孤立感を深めている。

東日本大震災の後、一時期、「絆」を大事にするということがよく言われた。

それに対して、私はしばしば天《あま》の邪鬼《じゃく》的に応じてきた。

「もともと絆という言葉は、家畜とか動物とかを逃げないように拘束《こうそく》して縛っておく綱《つな》から始まっている。絆は必ずしも嬉《うれ》しいことでも、こころ強いことでも、あたたかい言葉でもない。ある意味では、とても厳しい言葉なのだ」というようなことをあちこちで書いたり喋《しゃべ》ったりしてきた。

考えてみれば、私たちの少年時代、青年時代には、あえて求めなくとも絆というのはじつに多かった。

「地域の絆」というものがある。「親族の絆」というものがある。「家の絆」というものがある。「肉親の絆」というものもある。

そんな鎖《くさり》のような重さを持った絆から解放されるということが、一つの夢だった時代があったのだ。たとえば、私は九州生まれだが、地方の人間が上京するという気持ちの中には、単なる旅立ちではなくて、絆から脱出したいという脱出願望があったのである。

孤独者について考えるとき、重要な視点として、老人などの「徘徊《はいかい》」という現象があると思う。それについてまず考えてみたい。

ホモ・モーベンスとして

先日、長尾《ながお》和宏《かずひろ》さんという、臨床医《りんしょうい》として多くの人びとの治療にあたられてきた方の書かれた本（『ばあちゃん、介護施設を間違えたらもっとボケるで！』丸尾多重子と共著、ブックマン社）を読んだ。

その文章の中に、「徘徊《はいかい》」という言葉を、何か怪しいもの、嫌なもの、情けないものだというような感覚を持つのは間違っているのではないか、という趣旨の言葉があったことを思い出している。

人間は、アルツハイマーや認知症を患《わずら》うと、「徘徊」といわれる現象を起こすことがある。これもNHKによると、年間約一万人の老人が、徘徊によって行方不明になっているという。その多くは見つけだされるとしても、驚くべき数字である。

徘徊しようとする人間を部屋に閉じこめておこうとすると、無理やりにでも外に出ようとするという。二階の窓から飛びおり、大怪我《おおけが》をした女性の例もある。非常な外出への情熱である。

しかし、そのことは、ひょっとしたら、ふだん私たちを縛《しば》っている理性や常識などの拘束から自由になった人間の、正直な本能的な反応ではなかろうか、とその本を読んでからは思うようになった。

ホモ・モーベンス（動民）、という言い方がある。ホモ・サピエンス（現生人類《げんせいじんるい》）はホモ・モーベンスである。直立二足歩行を始めた時代から、歩いたり動いたり、そのへんを徘徊したり、野を歩いたり山を歩いたり、動きまわる姿こそが、人間の生き方の本来の姿かもしれないという気がしているのだ。

だから、ある年齢に達し、世間的な絆や常識のタガが外れたときに、人間のこころの奥深くに隠されている、放浪《ほうろう》、移動する欲求、そうしたものが表に現れ、徘徊という現象を起こしているのかもしれない、というふうに思うところがある。

かつて、日本で定住せずに山中などで暮らす人びとの生活が民俗学的に話題になったことがあった。

「サンカと称する者の生活については、永い間にいろいろな話を聴いている。我々平地の住民との一番大きな相違は、穀物果樹家畜を当てにしておらぬ点、次には定まった場処に家のないという点であるかと思う。」（柳田國男『山の人生』）

ここにある、「サンカ」と呼ばれた人びとのことである。

同じように、ヨーロッパでも、「ロマ」という、定住しない民がいた。彼らは、それぞれの国で、さまざまな名前で呼ばれてきた。世界中のありとあらゆる所に、定住しないで動きまわる人びとがいたのだ。

柳田國男が「常民」と名づけた、定着して農耕を営む人びとではない。風のように訪れ、「客人《まれびと》」（折口信夫）として遇され、また風のように去っていく。定住していないがゆえに蔑視《べっし》と尊望《そんぼう》の中で生きる。そんな人びとの歴史を小説に書いたことがある。

いまでも、そんな生き方があるのではなかろうか。

それを「ノマド」（遊牧民）的な生き方と呼ぶこともある。

人間は本来、定住という生き方にそぐわない、抑えきれない動的な衝動《しょうどう》を持っているのかもしれない。

絆と徘徊《はいかい》

長い歴史の中で、私たちは否応《いやおう》なく、国民と国家という一つの「絆」によって、この国に定住するのが当然のように思われてきた。

しかし、古く、人間のこころの奥にある古代の記憶、古代以前の記憶をたどっていくと、ホモ・モーベンスの本能というものが、ひそかに、こころとからだの奥底に潜《ひそ》んでいるのではなかろうかと思う。

そして、年齢が八十になり、九十になり、百歳にもなれば、こころを抑えつけていたものがなくなり、その本能の発露《はつろ》として、徘徊《はいかい》という一つの症状が現れてくることもあるのだ。

かつては、命の危険さえともなうような徘徊行動を抑止するためには、からだをベッドに縛りつける以外に方法はなかったともいう。窓を開けて二階から飛びおりる老人さえもいたぐらいだし、突如として人に襲いかかって飛びだすような人もいた。だからかつての一部の精神科病院でおこなわれていたような、拘束《こうそく》する用具によってからだを固定するしかなかったのだ。

徘徊が、もしも人間の本能に基づくものであるとするならば、からだを拘束し固定するのは対症療法でしかないわけだから、治療《ちりょう》ではない。

試みとして、徘徊する人びとを、徘徊する目的地へ戻してみるということもある。徘徊者の中にはかつて住んでいた家など、目的地がはっきりしている場合もあるからだ。しかし、家族にとってはそれからが大変なので、それも難しい。

ある大きなお寺が、徘徊者のためのホーム、設備を造り、塀のある境内《けいだい》に限って自由に歩きまわることを容認するという試みをしたという。鐘撞堂《かねつきどう》で遊んだり、決まった範囲であちこち歩いたり、境内をうろつきまわったり。うまくいっているという話も聞いた。

ふり返って自分はどうか。

もし認知症的な症状が出るとしたら、多くの症状の中で、私はだんぜん徘徊であろう。いや、意外と違うかもしれない。ふだんが、何十年も根無《ねな》し草の生活をしてきたから、静かにじっとしているかもしれない。

ふと、徘徊者は孤独なのかを考える。

孤独ではない、と答える人が意外と多そうだ。それどころではないと。

しかし、私は、孤独なのだと思う。憑《つ》かれたようなその行動を見てそう思うのではない。

たとえ目的地がある徘徊でさえ、周囲の人間をまったくいないかのように、遠くを見ている目。それが孤独者の目というものだろう。それが孤独でなくてなんであろうか。

孤独は一人で、どこかを放浪しているときばかりが孤独ではない、大人数の中でこそ、孤独は感じるものだ、と言う人もいる。「広場の孤独」というやつだろう。会社や学校などでの孤独。

しかしもしそれが、他人との関係を求める気持ちゆえの裏返しの孤独であるとすれば、私の考える孤独とは、ちょっと違う。私の考える孤独とは、後述するような、動物が存亡の危機の中で感じるようなぎりぎりの孤独である。

孤独と老後について言えば、先日新潟の読者の方からもらった手紙に、深刻な内容のものがあった。

自分は、介護《かいご》されるのはどうしても嫌だという。介護を受けつつ生きることは人間として本当につらい。どうすればいいのか、という内容であった。

これから大きな問題になってくるのは、そういう問題だろうと思う。

現代では、人は、絆という名の家族に見守られて逝《ゆ》く、という死のかたちは期待できない時代に入ってきた。親が七十八十になったら縁を切るという人も出てくるかもしれない。

いま、その絆をささえているのは、多くは遺産相続《いさんそうぞく》の理由ばかりだ。少なくとも団塊《だんかい》の世代はローンで家を建てた。そのローンで建てた親の家を相続する、自分たちがもらうという話である。なかなか難しい問題ではあるまいか。

移動する民として

そもそも私たちは、いつから定住しはじめたのか。いま、さかんにそれが問われている。そうした論議の中で、本来、人間は穀物《こくもつ》を食べる生物ではなかった、人間は肉食動物であったという説が出てきた。

炭水化物を主に摂《と》るようになったのは、麦や稲などの耕作が始まってからだという。そして耕作が始まって初めて、人は定住するようになった。

それまでの人間は、採集、漁撈《ぎょろう》、狩猟中心の生活をしていた。だからそれがもともとの人間の体質なのだ、という説である。

『炭水化物が人類を滅ぼす』（夏井睦著、光文社新書）という本も出ているが、本来人間は、動きまわって獲った肉類などのタンパク質を主に摂っていたという説は一理あるだろう。

私たちは本来、定住する生き物であったのかどうか。

私は、古代国家の都市ができ、チグリス・ユーフラテス川あるいはインダス川の河畔《かはん》や沃野《よくや》に、穀類の植栽《しょくさい》というものが始まるようになって、初めて人びとが定着しだした頃のことを考えることがある。

人間というのは本来、マンモスを追いかけてシベリアを移動したように、移動を日常とする動物であった。その記憶を、私たちはからだの奥深くにずっと残している。

しかし、人間の歴史とともに、家族との定住というものが人間のライフスタイルの基本になった。その中で特異な存在として、移動放浪する人びとがいた。

世界の人間の社会の歴史の中で、筋肉とか骨にあたるような、定住した人びとの体制がまず次第にできて、その身体の中を、リンパ液や血液のように流れていく人びとがいる。移動と循環、定住民と放浪の民という、その二つのものが、一つの身体の中で共存するように、社会が構成されていた時代が、かつてはあった。

しかし近代には、国家と国民の成立とともに、国家は国民に対して義務を設ける。日本の場合も、多くの国家と同じように、徴兵と納税と教育が国民の三大義務だった。

その構造を確立させるためには、「戸籍」という定住の証《あかし》がなんとしても必要だったのである。

つまり「定住」とは、国家によってつくりだされたかたちのひとつだろう。

黄金の時期として

「孤独死」と言うけれど、私は必ずしも、遺骨《いこつ》の引取人もいないというような人の死をそれほど哀れだとも思わないし、悲惨《ひさん》だとも思わない。

以前『林住期《りんじゅうき》』という本を書いたときに、古代インドでは人生を大きく四つに分けて考えるということを紹介した(「学生期《がくしょうき》」、「家住期《かじゅうき》」、「林住期《りんじゅうき》」、「遊行期《ゆぎょうき》」)。

「学生期」は、学んで大人になっていく過程である。「家住期」とは、成人して働き、家庭を持ち、子供を生み、そして人生に真正面から向き合う時期。それを終えて、日本では「定年」という言い方もするが、「林住期」というのは、子供たちも大きくなった、ちゃんと家も残した、やるべきこともある程度やった人間たちが、現役から退いて林に住み、そこで来し方行く末を考え、人間とは一体なんだろうということを思索したり、自分の求める場所に行ったりして暮らす時期だ。

『方丈記』で知られる鴨長明《かものちょうめい》の最後の生き方が、「林住期」と考えられる。

私はその「林住期」を、盛りを過ぎた人間の侘《わび》しい晩年の過ごし方ではなく、そこが人生の黄金期ではないか、という提言をしたのが、『林住期』の考え方だった。

いま、時代は、その六十歳から七十歳の時期より、さらに年齢を増し、六十五歳から九十五歳くらいまで、という時期を人びとがどう生きなければならないかという問題に直面していると思う。

その最後の時期のことを、古代インドでは「遊行期」と言った。林も出て、たった独りで、放浪者として、ガンジス川のほとりに、死に場所を求めて旅立つという時期だ。

いちばんみじめで、寂《さび》しいように見える。

しかしいま私は、その時期が「林住期」よりも、ひょっとしたらもっと人間にとって大事な時期かもしれない、という気持ちがしている。

自分自身が八十歳を過ぎて、そういう時期に差しかかっているが、この時期をどんなふうに、人間の充実した時間として生きていくか。

これまでは「余生」と言って、その時期は人生の余ったおまけのようなものであって、数にカウントしない、というのが普通の考え方だった。

しかし私は、「余生」と言わない。六十五歳から九十五歳までの三十年間は、まさに人間の孤独というものを見つめながら生きていかなければいけない、大事な時期なのである。

人間が、どんどん孤独になっていく過程が「遊行期」だ。孤独になっていく過程を、辛《しん》抱《ぼう》する、耐える、衰《おとろ》えを気にしながら暮らしていくというのではなくて、独りで生まれてきて最後は独りで死んでいく、ものごとの完結の時期として、何かいいかたちで過ごすことはできないだろうか。

週刊誌の記事などで、女性の絶頂期のことを「アクメ」という言い方をするが、正しくは、「もっとも実りの大きい黄金期」のことをアクメと言う。ギリシャ語だろうと思う。「人生のアクメ」というものがある。人生のアクメをどの時期に置くか。

いま、あらためて、人生の残りの尻尾《しっぽ》のようにくっついている「遊行期」という時期を、人生の大事な一つの時代として再生させる必要があるのではないかと考えている。

そのときに否応《いやおう》なしに直面するのは、やはり孤独という問題なのだ。

なぜ、年を経ると人は孤独になるのか。それは当然だ。仲間がどんどん世を去っていくわけだから。

友だちがいなくなる。年賀状の数も減ってくる、あるいは職場もなくなってくる。子供たちは自立して家を出ていく。

私にも、自分と同年代の作家や友人などの訃報《ふほう》が次々に届く。

メディアを見ても、自分たちと全然違うところで世の中が動いている。昔自分の愛唱していた歌を知っている人もだれもいない。古い言葉を使っても通じない。見るもの、聞くもの、世間でもてはやされているもの、全部が自分と違ったところで動いているという感覚の中で、孤立感を深めてゆく。

その時期もなお、時代と相《あ》い関わりつつ、しかし自分の生涯というものが、遠くに霞《かす》んでいるのではなくて、自分の死、自分の終わりというものがどこかに見えている。そうした中でどういうふうに充実した時間にするか。

それがいま私たちが直面しているいちばん大事な問題だと思う。

その時期のことを、その時期になって考えたのでは遅い。たとえば「学生期」は、すでに「家住期」のことを念頭に置きながら、自分で何をやるべきか、ということを考えながら生きていかなければならない。

イチローなど一流のアスリートが若い頃に学校の卒業文集に書いたものとか、日記などを読むと、彼らが自分の将来を正確に見定めていたことに、びっくりすることがある。

それほどでなくても、自分たちも、もう人生は終わってしまった、自分は脱《ぬ》け殻《がら》だ、というふうに考えるのではなくて、エンディングの時期をいきいきと充実して過ごすためには、早くからそのことを考えていなければならない。つまり遅かれ早かれいずれ自分は孤独になるのだ、という覚悟である。

たとえば、子供ができたときは嬉《うれ》しい。しかし親としての歓《よろこ》びと同時に、将来はいずれその子供たちと別れていくわけだから、別れていく自分というものを考えなければいけないのかもしれない。

つねに、歓びの中に寂しさがあり、寂しさの中に歓びがある。入り組んだ状態、カオスというか、そういうものこそが人生である。明るいところと暗いところ、新しいものと古いもの、そのどちらかが良くてどちらかは悪いという単純な分け方は、意味のない考えだ、というふうに思うところがある。

どんなふうに自分が「林住期」から「遊行期」を生きていくか、ということが、いま、私たちに問われているのではなかろうかと思う。

孤独者の絆

そうした問に、結論を安易に宗教というものに求めるのは、私は反対なのだ。宗教も文明の一つである、というように受けとめていかなければいけないだろう。

たとえば、キリスト教、イスラム教、そして仏教という大きな文明の流れの中で、それぞれの人びとがどんなふうに生きたか、あるいは、それぞれの人びとが晩年をどう過ごしたたか。

ブッダは八十歳、法然《ほうねん》も八十歳、親鸞《しんらん》は九十歳、そして蓮如《れんによ》は八十五歳で亡くなっている。本書の後半では、彼らと孤独について考えてみたい。

いまは仏教についてさまざまな本がさかんに出ているが、それも理由のないことではなかろう、という気が私の中ではしている。

それは一つに、人びとの、コミュニケーションを大事にしながら孤立する力をどう考えるか、という問いに答えようとしているのだろう。

出家《しゅっけ》というのは、「家を出る」と書く。文字通り、俗世間と離れるということだが、俗世間と離れただけでは宗教的な完成にならないという。もう一ぺん、俗世間に戻ってこなければいけないのだ。

しかし、出家した人間が俗世間に戻ってきたときには、昔の俗人ではない。一度、絆《きずな》を断った人間として、人びとのあいだ、市井《しせい》に戻ってくるのである。「入鄽垂手《にってんすいしゅ》」とも言う。「十牛図《じゅうぎゅうず》」という絵物語がある。禅の、牛を追って悟《さと》りにいたる道筋を示すイラストレーションの入った書であるが、図の最後には、悟りを得た人間が市井に戻ってきて、街の人たちとなごやかに雑談しながら、酒を手にふらふら歩いている姿が、悟りの境地として描かれている。

私たちは一度、孤独というものをちゃんと認めた上で、孤独な人間同士として、孤独者の絆というものをつくらなければならないのかもしれない。甘えた気持ちだけで、自然発生的な人間の絆というか、連帯のようなものを安易に求めてはいけないのではなかろうか。

どう孤独に耐えていくか。

人びとの中に生き、組織の中で暮らし、活動を続けながら、その中で人間は、自分が孤独であるということを自分なりにちゃんと確認し、しかもその孤独に耐える力というものを大事にしていくということが、いまの私たちにとって、いちばん大切なことかもしれない。

具体的に、孤独に生きた人、定住しない人びとの歴史など、そういうものをふり返ってみながら、この後の話を続けていきたいと思う。

絆と戦争

その前に、そういえば戦時中、私たちは、あまり孤独というものを感じることがなかった。

なぜだろう。陛下《へいか》の赤子《せきし》として、日本の国の民草《たみくさ》であるという一体感があったのだろうか。

御民《みたみ》我《われ》生《い》けるしるしあり天地《あめつち》の栄《さか》ゆる時《とき》にあへらく思《おも》へば（海犬養岡麻呂『万葉集』六）

とか、

海行《うみゆ》かば　水漬《みづ》く屍《かばね》　山行《やまゆ》かば　草生《くさむ》す屍　大君《おほきみ》の　邊《へ》にこそ死なめ　顧《かえ》りみはせじ（大伴家持『万葉集』十八）

というような歌が、世間には満ちていたのである。

国民としての一体感と感激というものが、つねに私たちのこころを浸《ひた》していた。戦時中、人は孤独だったかと言えば、孤独ではなかったと言えると思う。

そんな当時でも、知識人の一部は軍部の横暴に対して批判をしていた。彼らは孤立していた。刑務所《けいむしょ》の中にいた人もいる。しかし、私たちは、彼らの存在自体を知らなかった。

国民一般ということで言えば、女の人たちは割烹着《かっぽうぎ》に襷《たすき》がけで「大日本国防婦人会」や「愛国婦人会」に属し、男たちは国民服を着て出征軍人を送り、防空訓練に励んでいた。

そういうことを「いやだ、いやだ」と思わず、むしろ一種独特な昂揚感《こうようかん》を持っておこなっていた人びとが、子供時代の私や両親を含め、大多数だったのが現実なのである。

大正期から昭和のはじめにかけての、一種の自由主義的な空気の中で生まれた孤立感——芥川龍之介はそれを、説明のしようのない、なんとも言えない漠《ばく》とした不安というような表現をしているが（「僕の将来に対する唯ぼんやりした不安」）、そうした人間たちが、競って提灯《ちょうちん》行列や、千人針、慰問《いもん》袋を送るなどに夢中になっていくのである。

そうした活動の一つとして、隣組《となりぐみ》ができた。

たとえば、こんな唄もある。

隣組

（作詞・岡本一平　作曲・飯田信夫）

一、とんとんとんからりと　隣組
格子《こうし》を開ければ　顔なじみ
廻《まわ》して頂戴　回覧《かいらん》板
知らせられたり　知らせたり

二、とんとんとんからりと　隣組
あれこれ面倒　味噌　醤油《しょうゆ》
ご飯の炊き方　垣根越し
教えられたり　教えたり

こんな唄が大ヒットし、うたわれた。それまで孤立していた都会の人びとの連帯感のようなものが、江戸時代の長屋のように、復活したのだろうか。

それまで農村には、集落としての「絆」があった。そこから都会へ出てきて、砂のごとき労働者として、ばらばらの孤立感を深めてゆく。

しかし、戦時体制というものができて、絆をなくしていた人びとはまた、ある種の一体感を覚えることができた。そうした中で日本の戦争へ向けての動きというものが加速していったと私は思う。

だからよく言われるように、戦争は一部の青年将校とか過激な軍部が独走して起こした、というふうには私は思わない。

軍人も馬鹿ではないので、背景に、自分たちを支持する国民的な感情のうねりのようなものがあるのだと、もちろん知っていた。そうした感情、声に意識的にか無意識的にか依存してゆく。

たとえば近衛《このえ》内閣が戦線不拡大方針を打ちだそうとしても、軍部は、

「そんなことを言っても、国民は、もっと領土を増やすことを望んでいる、戦争への熱に燃えている」

という、民衆の感覚に後押しをされていることを知っていた。

孤独からの脱出という人びとの意識の中に、国民的一体感が生まれ、国際的なアジアへの膨張《ぼうちょう》政策の背中を押したと、私は考えている。あの戦争は国民全体が参加したのであり、

一部の間違った指導者に率《ひき》いられて国民が誤った道へ導かれたというふうには思っていない。

孤独を恐れるこころというのは、このように非常に危険なものなのだ。人間との一体感を求めることから生まれてくる一種のナショナリズムもあれば、民族主義もある。

孤独というものに対して、私たちは、もっと強くなるべきかもしれないと思う。

生物としての孤独

さてここで、動物の孤独感というものについて考えてみよう。動物は「孤独」を感じるのか？

そこで対比的に考えられるのが、動物の「愛情」についてである。動物に愛情があるのかという問題は長いあいだ動物学の大きなテーマであったが、動物には人間の親子にあるような愛情、そして「悲しみ」というものは存在しない、というのが世界の動物学の主流になっているようだ（『ひとはなぜ愛するのか』〈河合雅雄・谷村志穂、東京書籍〉）。

そんなことを言うと動物好きから猛反発を受けるかもしれないが、動物の示す一見愛情のように見えるものは、種《しゅ》――遺伝子を存続させるための方策でしかないというのだ。だから普通親は自分の命にかえても子供を生きさせようとするが、もし親が生存したほうがその群《む》れなりが存続する可能性がある場合、動物は否応なく子供を殺す（子殺し）。猿などでも多く見られる現象である。

もちろん、この見方に異議を唱える学者もあり、著者の動物学者河合雅雄氏など、とくに日本人の学者は、動物の愛情はあると思う、という人もいる。

しかし動物の「孤独」はどうだろう。

おそらく間違いなく、動物には孤独感は存在するに違いない。群れをつくる動物はことにそうだ。自分が親や群れから離れていることに対する恐怖感こそが、動物の生存を維持する大きな要因であろうし、これは生殖本能と対《つい》になる、最大の生存のための本能であることは論を待たない。これは染色体のレベルから、つねに対なるものと一体でしか存続できない、それゆえつねにだれかを求めずにはいられない、生物の宿命的な構造なのだろう。

ことほどさように、「孤独」とは根の深い、やっかいなもののようである。

人間も、もちろん「動物」の一種だ。動きまわる生物のことを「動物」と言うのである。

植物はどうか。

一時期、〝移動する植物〟というものに非常に興味を持ったことがあり、セイタカアワダチソウについてずいぶん書いたり、いろいろなところで喋《しゃべ》ったりもした。自分で作詞した曲の中にも登場させた。

セイタカアワダチソウ。キク科のアメリカ原産の背の高い草。その名は知らなくとも、写真で見ればすぐにわかるだろう。きわめてありふれた草花である。

セイタカアワダチソウは北米産の植物で、「黄金の鞭《ゴールデンロッド》」という英名らしい。それが、何かの理由で日本列島へ流れ着いた。

これにはいろいろな説がある。「ララ物資」という、終戦後米軍から送られてきた粉ミルクなどの食糧の麻袋に付いてきたのだという説もあるし、B29が撃墜《げきつい》されたとき脱出した米軍飛行士のパラシュートに付いていたのだという説もある。いや、大阪の方には戦前からセイタカアワダチソウは生えていたという説もある。諸説さまざまである。

セイタカアワダチソウは、外来種として、まず日本のどこへ来たのか。

説はいろいろある。九州から出発したという説が強い。戦後、北九州の炭坑地帯とか、そういうところで旺盛《おうせい》に繁茂《はんも》して、やがて、この列島を東上しはじめる。ちょうど高度経済成長の最中で、高速道路ができ、新幹線ができる。それによって、セイタカアワダチソウの道ができたと言っていいと思う。

セイタカアワダチソウは、引《ひ》っ掻《か》かれたような、荒れた地面を好んで生長する植物と言われている。

炭坑地帯など始終地面を掘り返しているわけだから、たしかに引っ掻かれた土地ではある。かつては、筑豊の遠賀川《おんががわ》の流域に、まっ黄色の花のセイタカアワダチソウが繁茂して、その向こうにぼた山が見える、そんな風景が北九州にはあった。

それが次第に、九州から本州へとセイタカアワダチソウは渡り、本州を東上していく。神武東征《じんむとうせい》ではないが、セイタカアワダチソウの東上のはじまりだ。

一時期、奈良の大和のあたりは、法隆寺などの古寺が、セイタカアワダチソウの金色の波のかなたに見える、「うるわしき大和し危《あや》うし」という雰囲気もあった。

さらに東上して、「俺《おれ》は河原の枯れすすき」の利根川河畔のあたりにもセイタカアワダチソウが繁茂する。さらに東北、仙台の方にも。

どんどん東上（北上）していって、ついに、北海道では、札幌から千歳《ちとせ》空港へいたる高速道路の左右の風景が、まっ黄色だった時代がある。

移動するセイタカアワダチソウを、安部公房の小説『けものたちは故郷をめざす』に引っ掛け、「セイタカアワダチソウは故郷をめざす」と書いたこともあった。

しかしいずれにしても外来種の植物なのだ。その外来植物が一定の場所に定着するのではなく、どんどん移動していく。これがセイタカアワダチソウの特徴である。

セイタカアワダチソウはその根に毒性があるとか、さまざまな害が言われた。花粉がアレルギーのもとになるとも指摘された。それに在来種の植物を枯《か》らしてしまう危険性がさかんに言われて、セイタカアワダチソウ絶滅作戦というのが一時期おこなわれたことがあった。

自衛隊が火炎放射器で焼いたなんていう話もあったし、また、地域で一本につき何十円とか報奨金《ほうしょうきん》を出して、セイタカアワダチソウを刈らせたということもあった。

いまさかんに問題視されている外来魚のブラックバスなどと同じ見方である。外来の獰《どう》猛《もう》な植物があたりかまわず繁茂し、従来からあったススキなどをどんどん枯らし、占領していって日本列島に繁茂するというイメージがあったとみえて、セイタカアワダチソウ退治が一種の国民運動のようにおこなわれた時期がある。

それから何十年か経つ。最近、非常に面白く思ったのは、先日、九州をローカル線で走った際、セイタカアワダチソウを見たときだ。

そのセイタカアワダチソウの背丈《せたけ》が低くなっている。背が高くない、単なる「アワダチソウ」に変わってきつつあるようだ。

セイタカアワダチソウという外来の植物が、移動したり繁茂したりすると、この国では敵視されて生存が難しくなることから、背が低く適応したという。生物学的には「馴化《じゅんか》」と言うのだそうである。

この土地で生きていこうときめて、遠慮して背中をすぼめ、ススキなど在来種の植物と肩を並べて同居しているのである。

私たちもそういうふうに、定着するには肩をすぼめて、人と折り合いをつけて生きていかなければいけないのだろう。

孤独者として生きる

ここで、孤独にまつわる自分の体験や記憶を、思い出しながら少し話しておこうと思う。

私は、両親が教師で官吏《かんり》だった。そのために転勤があり、朝鮮半島の職場を転々としていた。

自分自身も、一つの地域の人びとと生まれ育ったときからずっと一緒に暮らしたということがない。

ものごころついたときには日本人がほとんどいなくて、いわゆる朝鮮語だけの世界で暮らしていた。まわりとのコミュニケーションがなかった。

異民族の中で孤立していた体験があって、そのために、孤立しているという感覚はこころ細いけれども、それが自分の習性になって、そのことをなんら痛痒《つうよう》も感じないような子供に育った。

最初はソウル（京城）の御坂《みさか》小学校に入学し、それから小学校を三回転校している。転校生は、いわば異邦人だから、最初は孤立している。だれかのグループに入れてもらわなければいけないわけだが、なかなか簡単に入れるわけではないし。

中学生のときには、ピョンヤン一中（平壌第一中学校）にいて、引揚《ひきあげ》後、八女《やめ》高校併置《へいち》中学校に移り、そのとき学制改革があって新制中学校ができて、光友中学校に入った。

中学校も三回、移っている。子供のときから、転校生、転校生で育ってきた。

転校とは、新しい群れに入っていくことだ。入ってくるときに、まわりの連中が、その人間を試す。ちょっかいを出して、いたずらしたり、いじめたり、反応をみる。犬がクンクンと匂いを嗅《か》いだり、噛《か》んだり、吠えたりするように。だから子供のときの転校は、非常なプレッシャーであった。

ピョンヤンにいた頃も、ソウルにいた頃も、要するに異民族、支配者の一族として暮らしていたわけだから、地元の人びと、そこに根づいた郷土の人びととの交流はなかなかない。

私は、そのときの体験が自分の一生をずっと支配しているのではないか、と思うことがある。屋根の中から雀《すずめ》の子をとってみたり、犬と遊んだり、一日中独り遊びをしていた。その影響がずっと、いままで残ってきているのだろうと思う。

敗戦になると、入ってきたソ連兵と朝鮮の人びとと敗戦国民である日本人という関係の中で、自分の思春期を体験した。

たとえば、「二度と飢《う》えた子供の顔は見たくない」というキャッチフレーズで、ある人が議員に立候補したとき、私は「飢えた大人の顔をこそ見たくない」と言ったことがある。当時の朝鮮人が、飢えた日本人の子供を気の毒に思い、芋の一つでも手渡してくれると、バッと日本人の大人がそれを横どりしてしまう。

飢えた大人ほど恐ろしいものはない。つねにそうした防御態勢の中で生きていた。寝るときでも、大事なものは胸に抱いて寝ていた。

内地へ帰って、同胞《どうほう》になれるかというと、それもできないのだ。朝鮮にいたときは、外国から来て自分たちを支配している人間。敗戦で戻ってくれば、内地にとっては邪魔《じゃま》な人間。そう見られていた。

その中で生きていくためには、他人を頼りにするわけにいかないのである。自分たちだけで生きていくしかない。

敗戦時に母親を亡くしている。極貧状態の中、あてにならない父親と子供たちだけで生きなければならず、生きてゆくだけでも大変だった。

日本人同士の団結とは言うが、多少は団結しても、難民というのは、つらいものだ。九州へ引き揚げてくると、引揚者《ひきあげしゃ》というエトランジェになり、保守的な農村社会に放りこまれる。まず言葉が全然違う。筑後《ちくご》弁をマスターするために五年もかかったが、なじめない中で、なんとかやっていった。

私は子供のときから両親の学校の図書館の本などを読んでいたが、本を読むというのが孤独からの最大の逃避《とうひ》である。

昭和二十七年に上京した。言葉はイントネーションからして全然違う。何か言って、聞き返されることがしばしばあった。

自分の言っていることが東京の人にわからない。しょっちゅう聞き返されるので、どんどん無口になっていくし、やはり孤立していた。言語というのは、人の関係性を築きあげるものだから。

引き揚げてきたときは、植民地標準語というか、植民地的な共通語を使って、地元の九州弁の人たちから物笑いの種《たね》にされ、なんとかそれになじんで、上京してきたら、九州弁を笑われる。祖国の日本に暮らしながら異国に暮らす感じであった。エトランジェだという意識が強く、群れの中にいても孤独というものをつねに意識していた。

やがて、その孤独であることがつらいとか悲しいというよりも、孤独であることを自分の生き方として選んでいこう、「孤独に強い」という言い方はおかしいけれども、それが自分の一つの武器かもしれない、と思うようになっていった。

大学では、露文科《ろぶんか》を選んだということが、まず孤立化する一つの理由だった。露文科（ロシア文字）は文学部の中でいちばん小さなセクションだったから、それを専攻するとは、変わり者という目で見られた。

それ以上に、仕送りもまったくないわけだから、アルバイトをものすごくやらないと、やっていけないのである。

そうすると、授業にあまり出られないし、学生運動とか政治的な活動に誘われてもとうてい無理である。毎日、働いて食っていかなければならないから。デモに出られる学生というのが本当にうらやましかった。

日暮里《にっぽり》とか田端《たばた》の製本屋とか、あらゆるところで連日とにかく働いて、授業料もある程度払わなければいけない。しかし週一回か二回、授業に出られる程度で、それも精いっぱいだ。

結局、何年も授業料を滞納し、払えなくて、抹籍《まっせき》を申しでた。何十年も後に、未納の月謝を払って「中退」になったが。

その当時の同級生は、卒業してNHKに入ったり、北海道新聞に入ったり、映画会社に入ったり、そこそこにみんな勤めていく。こっちはそうもいかない。それはもうはなから孤立しているわけである。

結局、マスコミの中でも、業界紙の会社に入って働きはじめる。いまとは違って、当時の業界紙、業界雑誌というのがまた、新聞業界で疎外されている世界なのだ。

交通関係の月刊誌、「運輸広報」には、私は副編集長兼記者で入社したのだが、運輸省（現国土交通省）へ取材に行っても、七社会という大手新聞社の運輸省の記者クラブがあって、会員にはもちろん入れてもらえないし、省内をうろうろしていても、文字通りつまみだされるようなありさまだから、課長とか係長とか、そういう連中からは記事も取れない。省内でもノンキャリのおじさんで、はみだし者みたいな人に食いついて取材するしかなく、取材先でも完全に孤立していた（あくまでも当時の話である）。

いまは「専門紙」というから、そんな差別はないだろうが、当時は、箸《はし》にも棒《ぼう》にもかからないような扱いを取材先でよく受けたのである。

結局、自分は「はみだし者」ということを痛感させられた。

そもそも露文科というのが、国文科とか英文科とか仏文科に比べれば、その当時でもやはりマイナーな科だった。しかも、そこをまともに卒業したわけではなく、抹籍だから、そういうところへ潜《もぐ》りこむしかなかったのだ。いくつか業界紙を転々とした。

それから構成作家のような仕事をした。ＮＨＫや、日本テレビや、いろいろなところで番組構成の仕事をたくさんやったが、これまた、構成作家は、作家扱いされなかった。

ＮＨＫの番組の構成をやっていたときに、放送作家協会に入会を申しこんだことがある。確か健康保険などの特典があったのだと思う。

そうしたら、放送作家は入れるが、構成作家は入れないと言われた。構成作家は、作家ではないからだという。

ちなみに当時、ドラマの脚本などを書くような人は放送作家、構成作家はバラエティとか、番組の構成をするというふうに画然《かくぜん》と分かれていた。

いまでこそ構成作家という肩書は立派に確立されているが、その頃は蔑視《べっし》された立場だった。

放送台本を書いていたとき、漢字にふりがなを付けないと、すごく機嫌《きげん》が悪くなって怒る俳優がいた。しかしふりがなを振りすぎると、また怒る。「山とか川とか、俺《おれ》がそんな字も読めないと思っているのか！」と。

言われてみればその通りだが、さんざんな目にあった。そういう人たちのトークの原稿を書いたりしていた。

CMソングもたくさん作ったが、これも当時は蔑視されていた。

当時、歌手にとってCMソングはアルバイトの一つだった。CMで有名になろうという時代ではない。いまのように広告代理店が大きくなかったからだろう。一時期、電通で市場調査のアルバイトをしていたが、「電通です」と言うと「電機屋か」と言われたものである。

私と同い年で、作家の後藤明生《ごとうめいせい》氏が、博報堂に就職をすすめられたとき、美術品の額縁《がくぶち》屋か、と思ったらしい。いまでは信じられない話である。

学歴のない人間にとっては、それしかなかった。

そういう中で、ぼちぼち小説を書いたりしていたが、同人雑誌とか、グループに入っていないものだから、またまた孤立してしまう。そういう世界に、とうとう嫌気《いやけ》がさして、北陸へ移り住んだ。

当時は、貸本屋という店が結構あった。本が好きで活字が好きだから、貸本屋とか、ジャズ喫茶のマスターに本気でなりたいと思って、準備しながら小説を書いていたのである。

金沢も、なんといっても加賀百万石である。だから、九州出身で、かといって純粋の九州育ちというのでもなく、学歴もなく、なんだか知らないけどラジオやテレビの仕事をしている人、といううさんくさい目で見られていた。金沢も言葉が違う。先ほども書いたように、言葉が違うというのは決定的なのである。その後移った京都はもう致命的である。

東京っ子にしてみると、明治維新《めいじいしん》以来、薩長《さっちょう》とか、そういう連中が方言を使って、何か偉そうにこの国を支配してきたのが腹にすえかねるのだろう。だから、方言に対してはすごい抵抗感がある。

考えてみると、あらゆるものから疎外され孤立していた半生であった。業界紙で働いたり、放送やレコードの世界でやっていても、これは本来、自分の仕事ではないという、自分の中での孤立感もあった。

結果的に小説を書くことが仕事になったが、その中でも、エンターテインメントは当時まだ小説の分野として確立されていなかった。それを自分の主義主張として唱《とな》えるような人もいなかった。中間小説など小説として認められていなかった時代である。

いわゆる文壇《ぶんだん》の端《はし》っこに入りこんで、先輩たちから、だれかの会に所属しなきゃダメだとよく言われたのだ。井伏鱒二《いぶせますじ》さんとか、丹羽文雄《にわふみお》さんとか、いろいろなグループに紹介するという人がいたのだけれど、生まれついての一匹狼《いっぴきおおかみ》的な要素が抜けなくて、どうしてもなじめない。

有馬頼義《ありまよりよし》さんの「石の会」も人にすすめられて入ったが、何回か出たきりだった。

自分自身は孤独だと思わないが、群《む》れと離れた位置で、ずっと生きてきた。文壇の人たちと酒を飲んだり、編集者と交際したりする機会もあまりなく、ずっと自分は独《ひと》りでやってきたという感じがある。

エトランジェとして

そしていま、年をとって、どんどん物理的にも孤立していくわけである。親しい人が亡くなっていく。同世代の評論家、一緒にデビューした作家たちがである。

そうすると、孤独に始まって孤独にかえるということになる。それもさして寂《さび》しいとも思わないし、こころ細いとも思わない。自分としては非常に納得《なっとく》がいっているのだ。本来、こういうものなのかな、というような感じがしている。

トイレに入るときも、ごはんを食べているときも活字を読んでいる人間だから、文庫本でも一冊あれば、どこにいてもそれで済んでしまうというところがある。

そういう意味では、活字で生きていく人間として、活字を友として暮らしているということは、自分としては有り難いことだと思っている。

私は、みずから進んで孤立したとか孤独を選んだわけでなく、不可避的な条件として、二十世紀の戦争の時代に、いわゆる外地で敗戦を迎え、敗戦国民の一人として、引揚者というかたちで生きてきた。

たとえば、アルベール・カミュも、同じようにフランスの旧植民地アルジェリアで生まれ育ったことが出発点になっている。

戦後、昭和二十年代の学生たちは、支持する作家をサルトルか、カミュか、という二派に分かれたが、私がどうしてもカミュにシンパシーを覚えてしまうのは、自分と同じエトランジェとしての境涯《きょうがい》に共感するものがあったのかなと思う。

自分たちのふるさと、と言うけれども、引揚者にとって、ふるさとの山や川というのは、「禁じられた土地」なのである。懐かしんではいけない土地なのだ。自分たちが占領して支配していた、罪深い土地なのである。

現地の人間から攻撃されて被害を受けたのではない。それよりも、日本人同士が相《あい》争って、生き延びようとする。その軋轢《あつれき》の中で暮らしていた。

親鸞と孤独

私の特殊な生い立ちという理由もあるかもしれないが、「孤独」について考えてみて、結局、人間の本質というのは孤独とは離れられないものかなと思うときがある。

孤独な人間だから、人間同士が、愛《いと》おしく感じられるのだろうと思う。仲間内で集まって、ガヤガヤとやっているのだけが友情とは思わない。

孤独を大切にしようとか、孤独でなければいけないと言っているわけではない。人間は、孤独であることを恐れたり、孤独であることに耐えられないような弱いこころでは生きてゆくのがつらいというふうに思っているのだ。

孤独と絆《きずな》とは、対立する概念ではないと思う。

親鸞《しんらん》（一一七三—一二六二）は「弟子《でし》一人もたずさふらふ。」と言う。そう自分では言うが、実際は弟子はたくさんいた。弟子も師匠として接し、親鸞も師匠としてその人たちにいろいろ語ったり、教えたり。自分も法然《ほうねん》（一一三三—一二一二）の弟子だと思っている。

「弟子一人ももたず」は、そうありたいという親鸞の姿勢なのである。親鸞も大事に思い、親鸞を大事に思う。

法然は、早くに父親に死なれて、十代の頃比叡山《ひえいざん》にのぼって一人で学問をする。親鸞も、子供の頃に母親が亡くなり、父親は要するに家出してしまう。どこかの寺へ行って僧になったというが、そのため親鸞も親戚の家に養われて育つ。

親鸞は自身の家族の問題で晩年まで苦しんでいるが、情の問題で悩んでいるのではない。

理の問題で悩んでいる。なぜ自分の教えていることが伝わらないのだろう、と。

親鸞の孤独についての考えとは何か。

「孤独だけれど孤独ではない」、と親鸞は言う。

阿弥陀如来《あみだにょらい》という、自分が独りでいても独りでない、こころのささえがある。

その根底にあるのは、人間は本来孤独な存在であるという認識である。

人間というのは、もともとたった一人の、孤独な存在だから、阿弥陀如来と同行二人でいる。孤独でなければ、同行者は必要ないだろう。

一人居て喜ばは二人と思うべし、二人居て喜ばは三人と思うべし、その一人は親鸞なり。

（親鸞聖人の「御臨末の御書」）

一人でいれば二人と思え。二人でいれば三人と思え。その一人は親鸞なのである、とも言っている。

当時の念仏者たちは、社会からひどく孤立していた。

鎌倉新仏教は、法然・親鸞が出て、燎原《りょうげん》の火のように社会へ広がったと思われがちだが、そうではない。広く広まったのは室町時代の蓮如《れんにょ》（一四一五―一四九九）の活動からである。突然旧来の仏教などが色褪《あ》せて、法然・親鸞の念仏が広がったようなことはないのだ。たとえば、当時の「今様《いまよう》」の中に、

はかなきこの世を過ぐすとて　海山稼《かせ》ぐとせしほどに　万《よろづ》の仏に疎《うと》まれて　後生　わが身をいかにせん　（『梁塵秘抄《りょうじんひしょう》』）

というのがある。

「海山稼ぐ」は、殺生《せっしょう》を生業《なりわい》とする猟師や漁師。商人も当時「屠沽《とけ》の下類《げるい》」と親鸞は言っていたぐらいだから、銭が銭を生むとか、商いをしてカネを得るということは、卑《いや》しい仕事として、差別されていた。

その頃は現在の私たちが想像もできないくらい、地獄・極楽の観念が現実のものとして強かった。「海山稼ぐ」ことを生業として重ねてきた自分たちだから、神さまとか仏さまにすがって、「なんとか地獄へ落ちないように、お願いします」と願っても、それは絶望的なことと思われていた。

親鸞が生きた鎌倉時代の後期、京では、市中に死体が転がるような乱世の中、地獄について述べられた恵心僧都源信《えしんそうずげんしん》の『往生要集《おうじょうようしゅう》』が知識人のあいだでさかんに読まれ、一般の民衆でも、大道芸人が道で絵巻物を広げたり、お坊さんたちが寺の壁に絵を吊《つ》るして見せたり、地獄の恐ろしさだけが強調されていた。

地獄というのは、幻想ではなく、現実に死後の自分を待ちかまえるリアルな世界としてあった。「後生　わが身をいかにせん」（死んだらどうしたらいいのか）と人びとには感じられていた。

だから、修行もできない、多額の布施《ふせ》もできない、生き物を殺したりもする、そういう生業についていた人間たちは当時、その結果として、どうしても地獄へ行くしかないと決めつけられていた。

生きて地獄、死んで地獄。どうすればいいのか。

「万の仏に疎まれて」、嫌われて、ということだから。

いまの人たちは、極楽浄土とか地獄という観念があまりないから、リアルなものとして考えることはほとんど不可能だろうが、当時の人たちは、たとえば雷が落ちれば菅原道真《すがわらのみちざね》の霊がなしたと考える時代だ。死んだら血の池地獄と針の山々を這《は》いずりまわり、永遠にくり返されると本気で思いこんでいた。もう恐ろしくて、夜も寝られなかっただろうに。

仏にすがりたくても、それまでの仏教では、「お前たちは悪行を重ねてきた人間であり、修行も、戒律《かいりつ》を守ることも、善行も何もやっていないのに、何を言っているのだ」と、あたまからふり払われてしまう。それを「万の仏に疎まれて」という言い方をしている。

当時のそうした人たちは「生きて地獄、死んで地獄」という、絶対的な孤立感の中に生きていたのだ。それで「後生　わが身をいかにせん」と、望みのない孤立の中で人びとは生きていたのである。

そこへ、そういうあなたたちのために自分はこのように仏となったのだと、阿弥陀如来《あみだにょらい》という仏の出現があった。

この後に述べるが、仏教はもともと「犀《さい》の角《つの》のようにただ独り歩め」（中村元訳『ブッダのことば』）という教えがベースになっている。

それに対し、身分や国家を超え、自分は「独り」ではないと、そう信じられる親鸞の新しい宗教の出現は、それまでの仏教とは決定的に違う、まったく新しい思想との出会いであった。

それまでの日本の仏教は、基本的に、いわゆる国家鎮護《こっかちんご》の仏教である。お寺をつくるのも、国家の儀礼を調《ととの》えるための設備で、基本は朝廷の安穏《あんのん》を祈ることが目的だったのである。正式なお坊さんというのは、年間に数人しかなれない。「年分度者《ねんぶんどしゃ》」といって、かつての国家公務員上級試験など問題にならないくらい難しい試験である。その試験にパスすると官僧として認められ、国から給金にあたるものが出る。お坊さんはいわば当時の公務員であった。

その身分制度から脱してしまうのが隠遁者《いんとんしゃ》である。平安時代の末から鎌倉時代にかけて、公務員でない「聖《ひじり》」という人間が出てくるのは、それまでの仏教者としては想像もできないことだったのである。

親鸞の教えの新しさとは何か。

その当時までは、日本に入ってきた国家仏教は朝廷や大寺院など階級を護持《ごじ》するものとして、国民《くにたみ》とか村《むら》びととか、「群《む》れ」としての人びとの救済《きゅうさい》しか考えられなかった。既存の仏教でも、豊作、五穀豊穣《ごこくほうじょう》を祈るとか、病気平癒《へいゆ》を祈るとか、民衆のためにやっているじゃないかと言うが、どこどこ村の何の何兵衛のためにやっているわけではない。共同体のために祈っている。村びとたちとか、国民とか、どこどこの国の人たちとか、そうした人びとのためである。この国の宗教というのは本来そういうものであった。

ところが、親鸞は、それを解体して、「私一人のため」と言いだす。そこで日本で初めて近代的な「個人」というものが成立したと考えていい。

たとえば「山田村の兵太郎」という、個人名のある、「あなた」が救われるために一対一で阿弥陀仏《あみだぶつ》と向き合うのだよ。この「自分」という人間が救われる、孤独者として、「われ一人《いちにん》のため」に仏はあるのだという、一対一の直接契約というものが、初めてそこで生まれたのだ。

親鸞の出現は、中世における「個人」の登場をもたらした。ヨーロッパなど近代になって、やっと個人の自覚というものが生まれてくるのであって、それは真に革命的なことなのである。

現実の中で

親鸞の言動にも、本来の言説とは違う、矛盾《むじゅん》点を感じることがある。しかし現実の中では、そうでないと生き残れない。

たとえば、関東の門徒《もんと》たちに「弥陀一仏《みだいちぶつ》」（阿弥陀仏へ帰依する）ということを言葉だけでいくら説いてもその真意を伝えるのは難しい。
関東では鹿島神宮《かしまじんぐう》に対する信仰が古くからあった。善光寺如来信仰も根づいている。修《しゅ》験道《げんどう》もある。そういう人びとの中にあっても、吉日・凶日、祈祷《きとう》など、迷信を親鸞は厳しく排除《はいじょ》した。

たとえば、五月に菖蒲《しょうぶ》の節句がある。そのときは病《やまい》をもたらす悪霊が来ませんようにと、菖蒲の葉を家の軒《のき》に挿《さ》す。子供たちは菖蒲を兜《かぶと》に挿して合戦《かっせん》の真似をしたり、京の町々は、菖蒲節のときには爽やかな菖蒲の香りで町場が香り立つ感じだった。みんな待ちわびているし、菖蒲売りの人たちも出てくる。

親鸞の理論だとすれば、菖蒲が病除《よ》けになるという迷信はもちろん否定されなければいけない。

しかし、私が書いた小説の中では、親鸞の息子の嫁が、親鸞の住み家の軒先に菖蒲を挿すのを、親鸞は「抜け」とは言わないのである。それを徹底すれば、現実に、信仰は人びとのあいだに入ってゆかないことを親鸞は知っていた。もちろんこれはフィクションである。

吉日・凶日も、浄土真宗の人は「吉凶選ばず」と、くどいぐらいに言って、いまでも真宗のお寺が出しているパンフレットには、真宗ではどんな凶日でも結婚式を挙げても結構ですし、お祝いごとをしても平気です、というふうなことを記している。しかし実際には、「きょうは凶日」と言われて、わざわざ、何か挙げようと思わない。

人間の中にある、目に見えないものに対する畏《おそ》れというか、願望というか、そういうものを取り除くことはできない。それはまた歓《よろこ》びでもある。

だから親鸞は結局、鹿島神宮に通ったのである。当時の神宮は神仏習合だから、お坊さんが神事をおこなったりしていた。

親鸞は、仏さまを特別視して、神さまを排除するというのはできないことだと知っていた。そうしたら存立しえない。

法然も、念仏衆《ねんぶつしゅう》が比叡山《ひえいざん》とか東大寺とか、南都北嶺《なんとほくれい》の諸宗から批判され弾劾《だんがい》されると、七箇条の制誡《せいかい》を書いて、念仏の人たちは他の（宗派の）人たちを批判してはいけないと、門人に守らせる。それは現実的な対処である。

しかし宗教者としての法然（一一三三―一二一二）や親鸞は、そうせざるをえなかったことに、非常な孤独感をもったはずだ。

蓮如《れんにょ》はそこを堂々と二重構造で表現したから、非難されがちである。「額に王法《おうぼう》、こころに仏法《ぶっぽう》」と言う。

しかし親鸞は『教行信証《きょうぎょうしんしょう》』の中で、仏典の言葉をひいて、仏法者は「国王に（向かひて）礼拝せず」と、はっきりと言っている。

自分と同じ法然の弟子、安楽房遵西《あんらくぼうじゅんさい》が斬首《ざんしゅ》にあったときの弾劾事件などについても、きびしく朝廷を批判している。ちなみに戦時中はそれについての文章は印刷されなかった。そこだけ抜かして印刷された。

北海道は浄土真宗の寺が多い。歴史の浅い所なのになぜだろうと思うが、徳川家などから庇護《ひご》されてきた真宗が、明治の神仏分離令で、大きな打撃を受けた。しかたなく、真宗の関係者は必死に当時の明治政府の歓心を買おうとする。その中で、北海道開拓の先陣をになって、お金も人も出すというかたちで、移住にも協力した。そして道路を開発したり、鉄道の敷設に協力したり、さまざまなかたちで国家の事業に協力した。それで北海道には真宗寺院がすごく多いと聞いた。

これは仏教だけの問題ではなく、イスラム教もキリスト教も同じような問題をかかえていると思う。仏神化、神格化、偶像化……。そのつど、そういうものから最初のキリストにかえれ、ブッダにかえれという運動が起きて、革新運動が起きては弾圧されたり分離したり、という歴史がくり返されている。

神格化という孤独

「自分を偶像化したり、ましてや神格化してはならない」

直《じか》に接し、何十年も教えを説いている弟子《でし》や、近くにいる人たちでも、どうしてこれだけ言っているのにわからないのだろうか、という孤独感が法然《ほうねん》にも親鸞《しんらん》にもあった。

法然は、臨終の儀式というものに否定的であった。人は力尽きて死ぬ。念仏すれば必ず浄土に迎えられるのだ、信じなさいと、そう語っているだけなのである。

ところが、法然の死期が迫ったときに、ぞろぞろと集まってきた弟子の一人が、法然の手の指に五色の糸を結びつけて、それを仏さまの像の指に結びつけようとした。藤原家の人たちがやっていたような、仏像と人間を五色の糸で結びつけて、それに手を引かれて導かれ臨終するというかたちである。

法然は当然、それは必要ないと断る。

あれだけ情熱的に語り、人びとに問答し、高弟も、起居をともにした弟子たちも、やっぱりわかっていない。それはどうしてなのだろうか、と消沈する。

ブッダもその恐れを感じた。だからこそ、亡くなる前に、葬儀《そうぎ》にかかわるな、とはっきり言う。

本当は、死体を打ち捨てて、鳥葬《ちょうそう》にしろと言いたいところなのだろうが、ブッダはその点、配慮がある。一般の民衆はどうしても世間の風習とか儀式にこだわるところがあり、その人たちは、盛大に葬儀をやりたがるだろう。だけど、おまえたち、私の腹心の修行者たちは、それにかかわるな、と言う。偶像崇拝《ぐうぞうすうはい》も厳しく嫌うのだが、すぐに遺骨《いこつ》の配分をめぐって内輪もめする。

東国において指導者がいて、道場ができ、念仏者が弟子として集まる。たくさんの弟子を持った大きな道場が競合するわけで、道場主たちは門徒《もんと》が多ければ多いほど大きな勢力になる。

そういう人たちにとっては、布施《ふせ》もまた勢力の証《あかし》であった。

親鸞の一番目の弟子は「面授《めんじゅ》の弟子」で、親鸞が京、越後、関東の時代に教えを乞うて、弟子として指導した人たちがトップの位置に就《つ》く。

その次には、京の親鸞から手紙など文書をいただいて、肉筆による教えをいただいているという人。その手紙などを、自分の所へ直接、親鸞さまがこういうふうに言ってくれたと見せることで、すごく大きな権威になる。

三番目は、親鸞が晩年に、これは娘などにすすめられるのだが、念仏を書いた名号《みょうごう》をたくさん依頼されて書く。それに対する謝礼というものもある。

「親鸞さまがお書きになった名号がこの寺にはある」ということが、大変な権威になる。

現在も親鸞の名号は多く残っている。

そうした中で偶像化と神格化が着々と進んでいく。

「親鸞は弟子一人ももたずさふらふ。」と言いながら、面授の弟子、親鸞から直接手紙で指導を受けている弟子は、顕智《けんち》という高田門徒の指導者のように、ときどき上京しては親鸞と会って、いろいろ教えを乞う。そのつどに、お礼というか、金品をお渡しする。

名号自体を貸し願う。場合によっては絵像が欲しいという人もいる。親鸞の姿を描いた絵である。それを寺に飾るのだ。

親鸞はそういうものを、拝む対象にしてはいけないと口を酸《す》っぱくして言っているのだが、名号をいただいたものは名号を表具屋に表装させて、華美な縁をつける。

蓮如は、本当に親鸞の言うままに、「名号は掛け破れ」と言っている。「南無阿弥陀仏」

と書かれた名号は囲炉裏《いろり》の端《はし》にでも下げておいて、煤《すす》けてもいい、破れてもかまわない、どんどん新しいものにかえていけばいいのだから。名号というのは、それが尊いとか偉いということでなくて、「南無阿弥陀仏」、シンボルなのだと言っている。

それにもかかわらず、親鸞の真筆《しんぴつ》の名号を家宝のように思い、いただいた人たちはお礼を届ける。托鉢《たくはつ》でもそうなのだが、御布施《おふせ》をするというのは基本的な信仰の行為である。道場主たちは門徒たちから 志《こころざし》 を集めて親鸞に送り、親鸞との直接関係性というものを主張した。

本来仏教は、真実を求める仏教修行者は労働をしない。日常の雑事もしない。瞑想《めいそう》と真理の追究のための法談をするのが仕事である。

ブッダの時代からそうしている。

働かない。その代わり自分たちの得た、他の人が日常生活で得ることのできないものを相手に渡し、相手は日常生活で得た食事やお金を感謝の気持ちとして渡す。

仏教とはそういうものなのだと、最初から設定されている。つまり、家庭を持ち、職業を持ち、世間の人脈の中で働いていたのでは、ものを考えられないというわけである。

親鸞が憧《あこが》れて、あんなふうに生きたいと言っていた沙弥《しゃみ》教信《きょうしん》という人は、名前も持たず、常日頃、ただ「南無阿弥陀仏」と唱《とな》えるだけなので、まわりから「阿弥陀丸」と呼ばれていた。臨時の畑仕事とか荷物を運ぶとか、そんな手伝いをさせてもらって、かろうじて生きているわけだ。その代わり、彼は人びとに信仰を語ることをしない。だから、もらわなくていい。

中世ヨーロッパで、なぜ、あんな豪華な教会ができたのかと言えば、教会の多くは、経済的基盤として、信徒が死ぬと遺産を教会が引き継ぎ、管理していた。

しかしそれじゃあんまりだ、遺族は貧しい生活をしている、というので、法律を少しずつ加減して、遺族に五分の一を渡すとか三分の一を渡すとかになっていって、最後は遺族が寄附《きふ》するかたちになったそうだ。

中世までの教会の経済的基盤は、信徒の遺産であった。だからこそ、あれだけの豪華な建築ができたのだろう。

親鸞聖人は、道場以外、建てていない。屋根は茅葺《かやぶ》きだった。

『歎異抄《たんにしょう》』の中に、人が浄土に成仏するのは御布施の多寡によるものではないと、はっきり書いている。多く納めたから良いことがあるわけでなく、少なく納めても悪いことではない。貧しい者は貧しいなりに、富める者は多くてかまわないと、はっきり記しているが、寺にとってみれば、御布施の額はどうでもいいなんて言われたら、大変である。

しかしそれは大衆が望むのである。

大衆はつねに、自分たちがその前にひれ伏す、ヒーロー的な神格化されたものを望む。

サッカーの選手で、日本が負けたコートジボワールのドログバは、命がけで宣言を発して内戦を止めようとしたり、病院や教育施設をつくったりして、彼のファンは自分たちを「ドログワーナ（ドログバの民）」と言っているぐらい、大変な存在なのだそうである。そのように、民衆というのは、つねに偶像なり、ヒーローなりを求める習性がある。

日本人にとって群《む》れから離れるのは、島国だから、国外へというわけにいかない。これは一つの特別な要因だと思う。

良寛は、教団と離れていても、村びとや子供たちと親しく交流したり、晩年に尼僧が現れて一緒に暮らしたりと、孤独という感じはない。

法然は最期の言葉で、「弟子たちは群れるな」、と言う。これは非常に深い言葉だと思う。かたまるな、群れをなして集まって、自分の遺徳を讃《たた》えたりするな。弟子たちはそれぞればらばらにあちこちに帰って、自分の念仏を人びとに伝えよ、と言うのだが、死んだ途《と》端《たん》にそれは反故《ほご》になる。

ブッダはなぜ家を出たのか

先ほど少し触れたブッダ（ゴータマ・ブッダ。「ブッダ」は出家し悟りを得た後の名）の孤独について考える。

ブッダの最大の謎は、なぜ彼が家を出たか、ということだと思う。なぜ家を出て、修行者となったのか。

よく知られているように、ゴータマはシャカ族の王子として、これ以上考えられないほどの贅沢《ぜいたく》な生活を、その両親から認められていた。

豪奢《ごうしゃ》な屋敷で、つねに御付きの者が傍らにはべり、いつも女性の伎楽に囲まれていた。

これは本人の意思というより、とくに父親の意思で、そうした享楽《きょうらく》的生活という方針がとられたのではないかとも言われる（中村元『ゴータマ・ブッダI』中村元著作集、春秋社）。

というのは、王子ゴータマが、幼い頃から内向的で、鬱々《うつうつ》として楽しまない傾向があったからであるという。息子が宮殿の生活に嫌気がさし、家出をしてしまうのではないかという危惧《きぐ》を父親は持っていたというのである。

子供の頃から、父親が一所懸命「もっと青年らしく遊びなさい」と言い、また息子が内にこもりがちな少年であることを気にして、別邸をこしらえてみたり、まわりに友だちや人を集めたりするのだが。

贅沢三昧《ぜいたくざんまい》。美しい妻と、子供のいる二十九歳。「何不自由ない」という言葉はあるが、本当に現実としてそれがあったのである。

ゴータマが妻を嫌って指も触れなかったというのではない。子供も生まれた。生まれて間もないのだ。

子供にはラーフラという名前を付けた。「ラーフラ」は「悪鬼」に近い名前なので、（修行の）「障害《しょうがい》」というか、「障《さわ》り」という意味にもとれる、という説を言う人もいるが、まさか、そういう理由で名前を付けたというのかどうか。中村氏によれば、発音が似ているので、連想をさせただけではないかという。

ちなみに、紀元前七世紀のネパールは、時代状況としては、安穏《あんのん》とした時代とはほど遠く、戦国時代と言ってよかった。小国シャカ族はつねに大国との勢力争いの渦中にあり、事実、ブッダが出家《しゅっけ》した後、大国コーサラ国によってシャカ族は滅亡させられるのだ。

そうした見せかけの、砂上の平和に対する漠《ばく》とした不安、不信が、ゴータマを鬱々とさせた一つの要因かもしれないが、それはよくわからない。

問題なのは、なぜそんな（はためには）満ち足りた生活をしていた彼が、それこそ文字通り妻や子供を打ち捨てて、独《ひと》り生きることを選んだのか、ということである。

説話では、城外に出たとき東西南北それぞれの門で見たものが出家のきっかけとなったという。東門で老いた人の姿を見、南門で病《やまい》の人を見、西門で死んだ人の葬列を見て、北門で出家者に出会い、「四門出遊《しもんしゅつゆう》」と言うが、人生というものの無常観を覚《おぼ》える大きなきっかけになったという。

一説には、「老い」に対する不安が根本にあり、そこが出発点であったともされる。経典によれば、ブッダは、サーヴァッティー国という所の、孤独者に食事を与える園で、修行僧に対して青年時のことを回顧し、次のように述べたという。

王宮での恵まれた生活のことを述べた後に、

「私はこのように裕福で、このように極めて快くあったけれども、このような思いが起こった。――無学なる凡夫は、みずから老いゆくもので、同様に老いるのを免《まぬか》れないのに、老衰した他人を見て、考えこんでは、悩み、恥じ、嫌悪している。我もまた老いゆくもので、老いるのを免れない。自分こそ老いゆくもので、同様に老いることを免れないのに、老衰した他人を見ては、悩み、恥じ、嫌悪するであろう――このことは私にふさわしくないといって。私がこのように観察したとき、青年時における青年の意気はまったく消えうせてしまった。」（中村元『釈尊の生涯』、平凡社）

この後、病と死について同じようなことを述べ、死と病を嫌悪するようになった。自分が若くて健康に生きていることもすっかりむなしくなってしまったという。

しかしこれはあくまで私観であるが、私はブッダの出家の理由が「老い」にたいする恐怖にあったというのは違うと思う。

たしかにブッダの死後に弟子たちによって編まれた経典にはそのような記述があるだろうし、それはわかりやすい説明ではあるが、経典から離れ一人の人間として考えるとき、まず直観として、少年時代に家出をする理由となるような重大なきっかけとして、「老い」が第一に問題とされるだろうか。

一般的な青年としてどうだろう。

日本の哲学者でも、早熟な哲学者にしてもいちばんの恐怖は、「死」の問題である。

子供のとき、自分が死んでしまう夢とか想像にうなされて、どうすれば死から逃《のが》れられるか、ということをずっと悩みつづけていたという少年はたくさんいる。

しかしどうだろう、「老いる」ということに関して悩んだという少年は、私は聞いたことがない。

たとえば少年時代、身のまわりに、両親の老いていく姿があったり、おじいちゃんおばあちゃんがいたとしても、それを自分の将来のすがたと結びつけて連想し、老いることを悩みとして感じることがあるのだろうか。

子供は突然死することもあれば、病気で死ぬ子供たちもたくさんいる。しかし、自分たちと同世代の人間、子供が突然、腰が曲がったり、目がかすんだり、耳が聞こえなくなったり、つまり老化するというのはまずいない。

「老い」への恐怖心が出家のきっかけになったというのは、もともとブッダの言葉を聞いた人間が、だれかに語り、その語ったことを聞いた人がおぼえていて、やがてそれが文字化されて残ったということなのだろう。つまり、そういう話があったと、聞いた人の話なのだ。

聞き書きをしたわけでもない。たとえもし本人が書いたものだからといっても、正確とは言えない。私が疑い深いのかもしれないが、「彼は生前こう語った」とか、「いや、自分も会ったことがある」とか、「そのときにこんなことを言われた」とか、そうしたことは、じつはほとんど当てにならないとさえ思う。

私がネパール、インドをめぐりブッダの事跡を取材して強く思ったことは、ブッダの生涯に関する、物証という類《たぐ》い、また教典や、語られたと言われるものの多くは、きっと、ブッダに対する人びとの願望や幻想が作りあげたものである、ということだった。

ただ、それが無意味である、ということでは決してない。願望が作りあげた幻想を含め、それが人間に対する尊敬の想念のすがたというものだと思う。

ちなみに、親鸞の場合でも、彼がつくづくと老いを実感するのは八十代後半にかかってからである。「目もみえず候。なにごともみなわすれて候うへに……」となり、教義について細かく詳しく聞かれても、もういま自分は博引旁証《はくいんぼうしょう》して説明する身でもないから、どこかの然《しか》るべき学問のある僧にお聞きなさい、と言う。

目もみえず候。なにごともみなわすれて候うへに、ひとなどにあきらかにまふすべき身にもあらず候。よくよく浄土の学生（がくしょう＝学者）に、とひまふしたまふべし。

（『末燈鈔』）

そもそも、ブッダの場合でも、「人生はうつろいやすく、時は迅速で、常なるものなどない」という言葉をくり返し説くブッダの「真理」は、相手が老人か若いかは問題にならないのだろうか。

また老いることは、その後の仏教の中でも、たとえば「老僧」と言うように、齢《よわい》を重ねていくことは成熟していく過程であって、決してマイナス要因ではない。

だから、ブッダが二十五、六歳の青年の頃に、大きな内的煩悶《はんもん》をかかえたとしても、「老い」ということが第一に彼の胸にグサリと突き刺さるような契機となったとはとくに思いたらないのだ。

ゴータマ、家を出る

親鸞の場合、一九二一年に『恵信尼文書《えしんにもんじょ》』というものが発見され、親鸞の実在性が保証された。そのため第一級史料と言われる。

とはいえ、恵信尼本人が書いたものであることは間違いないとしても、本人が不確実なことを書くこともあれば、悪意のない嘘をつくこともあれば、誇張することもあるし、記憶間違いということもある。証言とはそういうものなのだ。

記録や証言を一〇〇パーセント信じてしまうのは、その人を人間と見ていない証拠なのである。恵信尼は遠く離れていて親鸞の死にも立ち会えなかったという。

二十九歳のゴータマという青年がいた。しかし、シャカ族がどのぐらいの規模の部族であったか。国王と言っている人もいれば、その息子だからプリンスという言い方をする人もいるし、いや、ネパール地方の一部族にすぎなかったという人もいる。本当に城があったのかどうかということもじつはよくわからない。城壁があって城門があるような城であったのか。もしそうなら大きな部族であったに違いない。親鸞の例と同じように、ほとんど伝承と、いろんなものを調べた上で類推した結果なのだ。

そこに青年ゴータマがいた。並外れた人であることはもう明らかであった。何百万人に一人の天才的人間であったことは間違いない。その人がなぜ、素朴な疑問として、妻子を捨てて、家を出たのか。

お供をつれて出ていくわけだが、途中で別れ、何人かの思想家のもとを訪ねて、いろいろと質問したが、納得のいく答えは得られなかった。そこで山林修行者とともに、苦行者の群《む》れに入ったと言われている。

ゴータマが家を出て最初に向かったのは、山ではなく、当時の最先端の文化をゆく大都会であった。これは中村元氏も指摘しているが、きわめて重要な示唆《しさ》を含んでいる。

たとえば親鸞が越後から関東へ行き、関東で『教行信証《きょうぎょうしんしょう》』を書いたり、人びとに念仏のことを語ったり、研究したりする。その時期、どういう人びとに念仏を語り伝えたか。

意外なことに、横ではなく、垂直の面が目立つ。地元の豪族、守護代、地主、名主《みょうしゅ》とか、要するに、地元の体制の権力者から説いた。その中心は武士。世間では農民と一緒に旅したように言われているがそれだけではない。

しかし不思議でもなんでもない。結局、そういうかたちこそが、その人たちの口から文化が広く効率よく伝わることを知っていたのである。

東国は、当時物資は豊かであったが、なかなか都とは違っていた。文化の水準がばらばらであった。

親鸞《しんらん》は、比叡山《ひえいざん》という、いまでいう東大の大学院のような所で、大秀才と言われるくらいの、ものすごい博覧強記《はくらんきょうき》の、勉強家であった。

当時の仏教は、念仏ひとつについても、いろいろな唱《とな》え方があった。たとえば、一つのお経を読むのでも、漢音で読む、呉音《ごおん》で読む、梵語《ぼんご》で読む、和訓で日本ふうに読むなどの仕方があった。

当時、前に述べたように「僧」とは「年分度者《ねんぶんどしゃ》」と言って、奈良時代から僧になるための国家的な試験がある。年に六人とか十二人とかが合格し、東大寺には何人とか、比叡山は一人とか、配分する。

その試験の内容たるや、私も実物を見たが、いまの国家の公務員試験とか外交官試験とかそんなレベルではない。こんなことをよく解答できると思われるぐらいの難問だ。

そんな勉強をした人間が関東に来て、字の読める人さえ少なかった中で、彼だけがあらゆることを知っている。念仏は、もちろん法然の下に直接ついて学んだから詳しいが、もっと詳しいのは、もともとの仏教というそのもの。文化としての仏教全体についての知識と、豊富な経験、様式、儀式というものに対する熟知度は恐るべきものがあった。漢籍に関する知識も驚異的だった。

当時は指導者イコール知識人だったから、まず指導者たちが親鸞に心服して、親鸞の教義を聞き、念仏の弟子になる。

高田の真仏《しんぶつ》は国主（常陸国真壁庄椎尾郷＝現在の茨城県桜川市真壁町椎尾＝の郷主）の息子（真壁椎尾氏の庶子）であり、（下総）横曾根《よこそね》の性信《しょうしん》、（常陸国）鹿島《かしま》の順信《じゅんしん》など、みな土地の有力武士の息子たちである。

京では藤原家とか有力な武士や貴族階級の長男は跡を取るが、次男三男の多くは比叡山の仏門に入り、そこでの出世栄達を志していた。常陸《ひたち》の国では、都からやってきた親鸞の持っている教養とか学識とか、しかも弁舌豊か、そうしたものに心服して、その弟子になる。そして、自分たちの配下の人間や近在の農民たちに、「集まれ。親鸞さまのお話を聞け」と扇動《せんどう》し、そういう人たちも狂喜して親鸞の下に集っていく。

これは垂直布教なのだ。いわゆる横の布教として民衆のあいだから次第しだいに念仏が広がり、そしてその後弾圧を受けるようになったという話ではない。念仏者への弾圧は、在地の連衆に対する中央からの弾圧なのである。

鎌倉（幕府）は地元の有力権力者とか、古くからの豪農などの連中を御家人《ごけにん》として登用し、統制しようとするが、やはり中央官僚の統制支配と、地元に古くから根づいた人間の権力とは、相剋《そうこく》する。

親鸞の弟子たちには、まずはそういう在地の、つまり力を持った人びとが多かった。

その後、十五世紀になって、蓮如がより広い層に広めた。

蓮如は、「村々をまわって念仏を広めんと思うときには、その村のまず有力者から話をしなさい。その村の有力者でありボスみたいな人間を自分たちの信者にし、そして教宣を広げていきなさい」と教えたという。これはよく言われる、蓮如に対する三つの批判のうちの一つである。

つまり「ボス講」をやった。底辺の民衆から始め、それが抑えがたい力となり、波のように広がったなどという、そうした民主主義的な話ではまったくない。

大都会へ向かったゴータマ

さてゴータマが最初に家を出たとき、そして苦行を終えて悟りを得たとき、もっとも繁栄した場所へ向かったと述べた。それは当時の最大の都であった。

ブッダが宗教活動のベースにしていたかたちを、「サンガ」と言う。

サンガというのは、そこへ行けば、食べられない人も食べさせてもらえるような、そもそもは一種の福利厚生施設だった。そこから発達して、貧しい修行僧たちが集まるようになり、やがては、真実の悟りを求めて修行する人たちの溜《た》まり場となった。

集団生活をするからには、その中で厳しく、戒律もつくらなければいけないということで、「律《りつ》」というものができる。

「三宝《さんぽう》」と言うが、ブッダを尊敬する、真実を大切にする、それと同時に集団共同生活体の規則をきちっと守りましょうというのが「仏法僧」の「僧」、サンガ（僧伽）の意味である。

ところが、いつのまにか、「仏法僧」の「三宝」を大事にすることは、「お坊さまを大事にする」というふうに意味が変わっている。

サンガで有名なのが「祇園精舎《ぎおんしょうじゃ》」と「竹林精舎《ちくりんしょうじゃ》」で、貴族と豪商から寄贈されたサンガである。

私は「竹林精舎」へ実際に行って、竹林の中を歩きまわったり、遺構などを歩いて確認したのだが、場所は、これがもっとも大事なことだと思うが、位置が微妙な所なのだ。

城門の外である。城内ではない。城の壁があり、城門がある。その中には入らない。だから出家《しゅつけ》ではある。

しかし、竹林精舎、祇園精舎は、城門からそう遠く離れていない場所にある。

わりあい城門に近い所で、城外市場というか、フリーマーケットなどがある。その近くの竹林精舎を出て、ちょっと歩くともう城門だ。

つまり、やはり都市から離れないのである。

キリスト教の修道院は高い山の上にあったり、俗世間から離れた場所に基本的に建てるものだが、それとはまったく違う。大学は街の中にあり、修道院は人里離れた所にあるが、サンガは街の中でも、修道院のように人里離れてもおらず、象牙の塔でもない。

城門の外なのだが遠くではない、という微妙な所に竹林精舎も祇園精舎もある。一般大衆からは布施《ふせ》をしてもらう。僧はそれによって生きる。労働はしない。

彼らからもらった布施の代わりに、自分たちはダルマ（法）、真実というもの、考えに考えた末に自分たちがやっと到達した大事なこと、あるいは到達した人から教えられている大事なことを、人びとにそこで手渡すように語る。それは贈与という関係なのであり、贈答が一つの仏教の基本になっている。

これは非常に難しいところで、いまだに疑問を持つ人もいる。

なぜ労働をしないか。労働することは、人が智恵を磨く上で邪魔なのか。当時もいまも、そのことでブッダや修行者を問い詰める人がいたし、イエスも、まったく同じ詰問《きつもん》を何度も受けている。

ディオゲネスという、一日中ごろごろ寝て、働かないで、ものばかり考えている哲学者がいたが、「ものを考える人間は働かないものだ」、と言った。

働かないでものを考えるのが、はたしてまっとうなことか、と俗人である私たちは思うけれども、純粋に思考に集中する、そういうことをするのが僧の基本的な形態である。いわゆる俗の人たちは、そこまで考えつめるとふだんの生活がやっていけないから、そのかわり、言い方はおかしいが、彼らを養うのだ。僧たちは自分たちが到達したものの一部を彼らに返す。こういうかたちで成り立っている。

だから、ブッダが最初に行ったのは底辺の民衆の所でも、川べりを放浪して羊を追っている人たちの所でもなく、都へ行ったのだ。

都で仏教というものが、どういう人たちに支持されたか。それは新興商人とか、武士階級、豪族、貴族とか、そういう連中だ。

なぜか。当時はバラモンの時代である。司祭階級であるバラモンが至高の権力者としてまずいちばん上にいる。その下にクシャトリア（王侯・貴族・士族）など、さまざまな階級がある。バラモン階級が圧倒的な権威、力を持ち、王族・士族もその下なのである。

その時代、さまざまな商業や産業が発達し、交易も盛んになり、その中から実力と富を蓄えた新興商人階級が出てきて、都市は繁栄していた。

ところが、彼らは、どんなに繁栄し、強固な王権（権力）を築いたり、貴族や士族のようになったとしても、所詮《しょせん》バラモンの下なのだ。

それが彼らには気分として耐えられなかったのだと思う。そこで自分たちの信仰する哲学、思想、宗教というものを持ちたかったのだろう。新興階級の人たちにとって、ブッダが言いだした仏教、つまり反バラモンの教えは、非常に魅力のあるものであった。

一つの民族、一つの階級は独自のイデオロギーを必要とする。

ブッダは、それをひとりひとりの個人ではなく、一つの階級としての人びとに伝える。だから最初に行ったのも都であったし、その後サンガをつくったのも、そうした商業都市の、城外ではあるが都市の圏内であった。

人はなぜ徹底的に孤独にはなれないのか

ここで、自分だったらどうするだろう。五木族のプリンスとしてだったら。

まず基本的に何も考えないとしたら、その生活をエンジョイして、王さまになる。跡取りになって。

邪魔者がいたら兄弟なんか抹殺《まっさつ》して、競争相手を殺すという、王家の物語りは大体そのようにして後継者が確立される。だから自分が跡取りになる。それで酒とかなんとか、もっと欲望があれば、国力を増やすために他の部族へ攻め入って……。

以上はあくまで紀元前七世紀のネパールでの話である。

自国の領土を拡張する方向へ進む人もいる。いろいろな生き方がある。

それとも、後白河法皇みたいに、今様《いまよう》などに熱中するか。あの人は権力体制というものは絶対にゆるがせにしなかったけれども。

寺院を建てるとか、そういうことをやるだろうか。

それはともかく、ブッダのその後の話である。

ゴータマが家を出るとき、経典にあるようにふり返り、ふり返り行ったのか、盗人のようにコソコソと逃げだしたのか、決然として歩みだしたのか、夜中に行ったのか、朝に出たのか。全部それは物語りとして伝えるところだ。

物語りは、私はフィクションだと思わない。そうであって欲しいという人びとの願望をスクリーンのように映しだしたものだ。人びとが期待する言葉なのだから、それは民衆の意思が表現されているドキュメントだ。

だけど、いまここで論じているのは、そうした民衆とか国民の願望ではなくて、ゴータマを生きた一人の人間として捉えて、なぜ彼が孤独の道を歩んだか、という話である。一つのポイントは、彼が苦行者《くぎょうしゃ》の群《む》れに入るということだ。何人かの友だちというか、同僚というか。

隠遁《いんとん》、世を捨てる、という言葉がある。

京で言うなら、黒谷《くろだに》は比叡山《ひえいざん》の別所である。別所というのは比叡山からまだ出ていない。しかし、比叡山の中で出世コースを歩んでいくことはもうやめようと、世捨てびとのようなかたちで、なお比叡山を下りない人たちがいる。

その別所からさらに出る人たちがいる。つまり、比叡山の植民地のような所とも完全に切れてしまう。その人たちは山を下りて、聖《ひじり》と呼ばれる。

山を下りるというのは、これまでの組織から完全に身をひくことだから、聖が乞食《こつじき》という意味でも使われたぐらい、僧とははっきり区別されていた。

そういう山を下りた人たちが大原の里あたりで共同生活をする。考えてみれば不自然ではあるが、世を捨てたにもかかわらず、世捨てびと同士のコミュニティができる。本書の巻末にもあるように、鴨長明《かものちょうめい》もそのような生活をしていた。

その中で共同して、たとえば、かわるがわるに托鉢《たくはつ》に行って、いただいたものをみんなで分けるとか、声明《しょうみょう》をそれぞれがうまくうたう工夫をするとか、暇なときには、といってもいつも暇だが、里びとの仕事を少し手伝うとか。かつてヒッピーが共同体をつくっていたと同じように、世捨てびとたちなりの集団生活ができる。

法然は、そのコミュニティからも出て、一時期、西山のふもとに居たり、最終的に吉水《よしみず》へ落ち着く。「吉水の草庵《そうあん》」と言われているが、じつはその草庵というのもなかなかちゃんとしたもので、お弟子さんたちもいる。つねに身近にいる高弟だけでも何人もいるし、そこを訪れてくる人びとは引きも切らない。布施《ふせ》によってちゃんと経済的に成り立つくらいの組織ではあったと思う。

そのように、なぜ、人は徹底的に孤独になれないのか。

西行《さいぎょう》という人も旅をして、旅のうちに「花の下に死なむ」(「願はくは花の下にて春死なむそのきさらぎの望月のころ」)というかたちで死ぬから美談にもなっているが、西行のような放浪《ほうろう》歌人の系譜というものは、当時の都の歌壇では相当の地位を占めていた。歌集(『勅撰和歌集』『新古今和歌集』など)には必ず載る人である。

要するに、たとえば、東大の法学部を出て公務員上級試験を通り、財務省なり外務省に入って次官のコースを目指すという、もともとそういうコースに入りうる人たちが、そこをはずれて辞《や》めるようなことこそを、「隠遁」と言ったのだろうと思う。

いまでも、官僚を辞めたり辞めさせられた人はいるが、そうした隠遁した人たちはそうした人たちなりのソサエティがやっぱりあり、当時、それが憧《あこが》れの的でもあったということなのだと思う。

僧として順調に出世街道を歩いている僧都《そうず》とか、そういう人たちにしても、自分はこうやっているが、あいつは途中で投げだしていった、でもあれもまたいいなと、こころの底で思っていたかもしれない。わからないが、憧れはあったと私は思う。

なぜ仏教者は結婚しないか。家庭は絆《きずな》だから、その人間が自在に思索したり行動したりすることの枷《かせ》となる。愛着《あいじゃく》は障壁《しょうへき》になる。

世捨てびと、世を捨てるということは、社会的栄達《えいたつ》とか社会の組織から切れることだが、それ以上に個々の人間関係とか、親子とか、父であり、子であり、母親であり、夫であるという立場からの離脱という面があるような気がする。

完全なる個人にかえる、ということだろう。

ブッダは「出離の思い断《た》ちがたく」ということかもしれないと思うが、だったら、なぜ結婚なんかしたのだろう。それはもう、してしまってから後悔したのだろうけれども、そのへんがはっきりしない。

しかし考えてみれば、家を出るのは、家庭が円満なのかどうかとは関係ないのかもしれない。そもそも家庭円満と放浪の欲求は別なのだろう。旅に病み死ぬまで放浪に衝《つ》かれた芭蕉《ばしょう》は、べつに家に不満があったのではないだろう。

それは鴨長明や、チェ・ゲバラなど近代の人間も同じである。彼らは恵まれた家に育っていた。というより、そうした人のほうが放浪癖があるような気もする。放浪と孤独は家庭の幸福とは別次元のものなのだろうか。

人びとに伝えよ

出家《しゅっけ》前のゴータマは、家で独《ひと》りで考えて悩んではいたようだが、なんらかのかたちで、だれかの影響とか、当時の風潮なり、時代の風というものを彼はきっと受けていたと思う。たとえば、家を出た後に、思想家を三人ぐらい訪ねたと言うが、彼らのことを知らなければ訪ねていけるわけがない。

家を出た最初のきっかけは、巷間《こうかん》言われるように老いとか、死とか、そういうことでなくて、もっと一般的な、人生探究というか、そうした意識だったのではないかなという気がしてしかたがない。

それに満足できなくて苦行に入るのだが、独りの苦行ではないので、すでに苦行のシステムがきっとあったと思う。

苦行者の仲間入りをして、その連中に教えられて、イバラの中で寝ろとか、断食などはあたりまえの話であって、「断息《だんそく》」(息を止める)などというとんでもないようなことも試みて死にかけたり、いろんなことをやるわけだ。それをさせるのも、苦行者たちのある種の絆《きずな》だろうか。

しかし結局、苦行を、あるときドロップアウトする。それに対して他の苦行者からは結構非難された。裏切りというか、脱落者扱いである。

苦行をやめた理由は、苦しみをただだからだに与えるだけでは真理が見いだせないと自分で納得したのかもしれないし、これ以上、苦行に耐えられないという挫折《ざせつ》感だったのかもしれないし、そこはわからない。つまり、ブッダの理性というものは語られるが、ブッダの感情は語られていない。

これ以上身を苦しめるのは無意味なことだ。それで苦行をやめて街へ行ったという話である。その後に瞑想《めいそう》して、ゴータマは「悟《さと》った人＝ブッダ」となった。

苦行から得るものはなかったとよく言われているが、最近は、なんだかんだ言って、結局、菩提樹《ぼだいじゅ》の下で瞑想《めいそう》してわずかな期日で悟りを得られたのは、やはりそれまでの六年間の苦行が大きいと言う人もいる。

苦行を否定して瞑想に入り、自由な境地の中で得たと言われて、苦行は無駄だったと解釈されてきたが、そうとも言えないという感じである。

というのは、菩提樹の下の瞑想により悟りに達するまでの期間がすごく短いのだ。達磨でさえも「面壁九年《めんぺきくねん》」と言っている。

ブッダの思想は、悟りの後もどんどん形成され更新されていくものだが、根本の真理というものを、そこでやはり得たのだろう。根本的な閃《ひらめ》きというか。

後の理論体系は、ブッダがつくったというより、後の人たちがつくっていったものだろうと私は思う。

ブッダが悟りの後、独りでどこか放浪して歩いたというのではなく、もとの仲間と会う。有名な「梵天勧請《ぼんてんかんじょう》」というエピソードになる。

ブッダの考えたことは、自分は真理を悟った。苦行までして、なかなか見つからなかったものを瞑想の中で得た。そうだ、人間は、この悟った真理によって「生病老死《しょうびょうろうし》」という苦から解放される。人間としてのこころの平安を得ることができたと歓《よろこ》び、こころ満たされた瞬間を得る。

そのとき梵天（神）から、「人びとにそれを語れ」という、天からの声が彼の中に響く。彼は躊躇《ちゅうちょ》するわけである、何度も何度も。

自分の考えたことは、自分があれこれの経験を経て得たもので、人に説明しても理解してもらえないのじゃないか、よく伝わらないのじゃないか、誤解されるのじゃないか。自分だけで得たものを歓んで受け取って平安に生きていければいい。そういうふうに彼は思う。

人びとにそれを伝えなければいけないと、梵天から説得されたことになっている。この心境の変化というのは、どんなものだろう。

非常によくわかるのは、人に言ってもわかってもらえないだろう、どんなに言葉を尽くしても、自分の得たものは、自分がそのような経過の中で得たのであって、それを簡単にひとに手渡すことはできないのじゃないか、と思う、そのブッダの感覚はもっともなような気がする。人に思いを伝えることはできない、という。

だから、ブッダはやはり、孤独に徹しようか、と思うわけである。世捨てびと、というか、自分だけが悟っているという、その境地に安住しようか、と思う。

彼が菩提樹《ぼだいじゅ》の下に坐る前に、村の娘から乳粥《ちちがゆ》を与えられ、修行で傷《いた》んだからだを癒《いや》し、親密になっている。与えられなかったらどうなっていたか、ということも考えるのだが。

それも托鉢《たくはつ》というか、世間から布施《ふせ》されたことである。苦行者に対して捧《ささ》げられたのだ。捧げられたものに対して、何かを返さなければいけないという気持ちが、結局、「梵天勧請」と言われる内容だと思う。

「十牛図《じゅうぎゅうず》」という禅の有名なイラストレーション入りの書があることは一度述べた。無明から始まり、主人公の男が牛を追って、あちこち歩き、（深山に入って）明鏡《めいきょう》止水《しすい》の域に達し、悟りを得る。

それが最後ではない。いちばん最後は「入廛垂手《にってんすいしゅ》」と言って、悟りを得た人が山を下りて、市場の中で、酒を提《さ》げて、街の人と談笑している絵が出てくる。

「垂手《すいしゅ》」とは、自然体で手をだらんと下げている姿のこと。「入廛」は、市井《しせい》に入るという意味である。いまでも、「○○本廛《ほんてん》」というように書くが、「廛」は店でもあり、店の建ち並ぶマーケットとか、市井、街の中という意味である。

それが仏教の神髄だということを教えている。つまり、悟りを得た人は山を下り、伝えなければいけない。

ブッダは、高い山のてっぺんに独りでいるだけではダメだという梵天の言葉に、どう答えるのか。

バラモンの神さま、ヒンドゥーの神さまである梵天から口説かれる、というのも変な話であるが、これも、そのへんを私たちは素直に受けとっている。

ブッダは何度も、いやいや、言っても伝わらない、難しいだろう、自分だけでやっているのがいい、誤解も受けかねないと、躊躇《ちゅうちょ》する。躊躇するブッダを梵天が励ますのだ。

「道の人」として

親鸞が晩年に「冥衆護持《みょうしゅごじ》」という言い方をする。

「冥」は、目に見えない世界（人智を超えた神仏の働き）ということである。目に見えない神々や仏さまたちがいて、念仏者を護《まも》ってくれるということである。

念仏というのは「弥陀一仏《みだいちぶつ》」、仏は阿弥陀仏のみ、といって一神教的な要素を持っている。金子大栄《かねこだいえい》氏は「選択的な一神教である」と言っている。たくさんの神さまや仏さまがいて、その中で弥陀一仏を自分たちで選択したのではなく、向こうから自分が選ばれて自分たちがその仏に帰依《きえ》し、「ありがとうございます」と念仏を言って、おまかせする、という考え方である。

いわゆる「神祇不拝《しんぎふはい》」という言葉が、浄土真宗の中では、わりと広く言われて、他の神さまや仏さまは認めないという意味だと思う人がいるが、そうではない。

法然も『選択本願念仏集《せんちゃくほんがんねんぶつしゅう》』で他宗を全部批判し、これはダメ、これはダメ、これはダメ、最後に残るのは念仏だけだと言っているが、ダメというのは、いまの時期には相応しない、という言い方なのである。認めていないのではない。

「神祇不拝」の意思は非常に強く、浄土真宗が「一向宗」とも言われる理由の一つとして、自分が信じるのは阿弥陀仏だけ、「神社の前で頭を下げてはならん」と言う人たちも多くいた。

仏教の誕生時も、反バラモン・反ヒンドゥーの革新的な信仰として支持されるが、基本的には、梵天つまりヒンドゥー教の神さまというか、バラモンの神さまというか、在来の神さまによって勧請《かんじょう》されて、語りはじめるのである。

そして梵天に説得されたブッダは、都を目指す。

人びとのいるところへ行かなければ……。そして途中で会うわけである、昔の修行仲間に。

仲間たちは、脱落者と思っていた男が、いかにも自信ありげな顔で歩いてくるので、なんだろうと思って、自分たちに目をそむけるか、と思う。

すれ違うときに、一人が、あいつはいやに自信ありげな、穏やかな落ち着いた感じで、身辺からオーラが漂っている、どうしたのだろう、おいおい、ちょっと待てよ、と声をかける。

「おまえ、何をやっていたのだ」

「いや、自分は真実を得たのでね」

「何を言っているのだ」

と、こういう会話だ。

「じゃ、何か言ってみろ」

「いやー、なかなか、言っても伝わらないと思う。梵天が……まあ、それはいいか」

「そんなこと言わずに、話せよ」

ということで、車座になって、少しずつ自分の感じたことを語り合っているうちに、その連中が感極まって、

「あなたは仏を得た。弟子にしてください」と言う。このへんはなかなかドラマティックである、物語りとしては。

そしてブッダは、結局、「伝道の人」となる。

宗教に「求道」と「伝道」という二つの道があるとすれば、「求道」のほうが神聖で尊い仕事で、「伝道」は技術的な仕事のように思われているところがある。

そうではない。「求道」と「伝道」は両方とも大事だが、はっきり言えば、伝道のために求道するのだ。

また「伝道者」と言うと、求道者に比べて、なんとなく俗っぽい印象を受ける。アメリカのテレビ・キリスト教伝道者みたいに思われがちなのだが。

ブッダは、求道の時期より、伝道の時期が圧倒的に長い。というか、生涯それればかりである。

ブッダは自分たちのサンガなり、霊鷲山《りょうじゅせん》でいろいろ語ったりする。語る中で、ブッダ

は自分の思想をさらに理論化して精緻《せいち》をきわめていくわけだし、旅をして、あたりで畑しごとをしている人とか、漁師とか、遊女とか、そういう人たちと問答するうちに、ああ、そこはこうなんだ、これはこうなんだというふうに、ますます自分の得たものを豊かにしていく。だから、伝道イコール求道なのだ。

伝道と求道をきっちり分けて、自分で何かを得た、得たものをみんなに配って歩くのだ、という考え方ではない。

伝道したからこそ求道も深まっていき、豊饒になっていく。

一遍上人《いっぺんしょうにん》は、「捨聖《すてひじり》」と言われるが、歩くことで生涯を過ごした。歩き、人に伝える中で、仏に対する思いがどんどん深まっていくという。

ブッダは、八十年の生涯の、半分以上の年を、語ることに費やした。二十九歳で家を出て、六年、七年で悟りを得るわけだから、三十五、六歳。その後は人びとに質問されて答えたり、話を聞かせたり、説いて歩く。

大事なことは、彼が机に向かって真実の書を著しつづけるというような生活をしたのではない、ということである。

「待機説法《たいきせっぽう》」と俗に言われるが、文字も読めない、理論もなかなか通じないような人たちが多かった。江戸時代の川柳に「釈迦牟尼《しゃかむに》はえらく喩《たと》えが上手なり」と皮肉っぽくうたわれる、話上手なのだ。

たとえをうまく使う。たとえというか、物語りの人である。これはイエスもまったく同じだ。

「道の人」。ブッダはそうも言われる。道に生き、そして文字通り、道に死す。たとえば、学者を訪ねるとか、王族を訪ねるときに、難しい話をする機会はどちらかというと少なくて、大半は、食堂でごはんを食べているときに聞かれるとか、マンゴーの樹下で、訪ねてきた人に話をするとか、そうしたかたちでの、説法であった。

ブッダが語る内容は、基本的に一貫している。それはただ、世の中は無常に移りゆくのであるから、執着《しゅうじゃく》のないようにいつも気をつけておれ、犀《さい》の角《つの》のようにただ独り歩め、ということである。ちなみになぜ犀かと言えば、犀の角は一本しかなく、その角は独りで確信をもって生きることの象徴であるからという（『ブッダのことば』）。

人生は素晴らしい

ブッダは、プリンスから一介の放浪者《ほうろう》として苦行に挑み、瞑想《めいそう》に励み、悟《さと》りを得て、多くの弟子たちが集まってくるようになる。

ブッダはサンガにおいても、「先生」という呼び方はさせなかったという。「悟った人よ」となっている。経典の翻訳では「尊い人よ」とか、そんな言葉が多く付くが、その呼び方はかなり後のことであろう。

浄土真宗ではよく「御同朋《おんどうぼう》」と言うが、「先輩《せんぱい》」という感じの人間関係であったと言われている。「先輩、あれはどうなんでしょう」と聞かれて、こうだよ、ああだよ、と答える。

しかし次第しだいに、ブッダも年をとっていくにしたがって、否応《いやおう》なく神格化されていく。

彼はおそらく八十歳にして霊鷲山《りょうじゅせん》を出て、故郷を目指したと言う人もいるしそうでないと言う人もいるが、ガンジス川を渡って遊行《ゆぎょう》の旅に出た。

それは遊行の旅であると同時に、組織に囲まれて神格化されていることを嫌ったのだろ

う と私は考える。一介の孤独な青年時代の放浪者としての自分にかえって、世を去りたかったのだろうか。そうでなければ、あの年で無理をして、命をかけて（実際に旅の途中で亡くなる）出かけないと思う。

ブッダが渡ったガンジス川の渡し場も、私は渡った。そこでブッダが残した言葉、「自《じ》灯明《とうみょう》法灯明《ほうとうみょう》」を思った。自分をたよりに——中村さんは「島」と訳す。「この世で自らを島とし、自らをたよりとして、他人をたよりとせず、法を島とし、法をよりどころとして、他のものをよりどころとせずにあれ。」（中村元訳『ブッダ最後の旅』）

さまざまなとらえ方があるが、原義的には、島とは中州《なかす》のことである。ガンジス川のブッダが渡ったと言われる渡河点から見ると、まっ正面に、まっ白な砂の洲がある。なんとも言えない美しい洲である。その向こうに、畑の広がる対岸がずっと見える。

ははあ、このことを言ったのだなと思った。「洲」では、なかなかピンとこないが、川の対岸の近くに浮かんでいる美しい白砂の集積というか、洲というか。ああ、このことを言っているのだなと。

そして、ブッダが行脚《あんぎゃ》をする中で得た幸福感というのは、そのときに彼は「世界は素晴らしい」と言ったという。

どういうことか。

インドは雨期になると道は壊れ、橋は落ち、病《やまい》が流行るから、移動できないので、その期間だけサンガに籠《こも》って、「雨安吾《うあんご》」、一か所に滞在し共同生活をするわけだ。雨期が過ぎて、そこを出ると、炎天下になる。その炎天はすごいものである。大地が焼けきって乾いて、そこを歩いていくのだが、彼はよくマンゴー林の樹の下に憩《いこ》っている。

マンゴー園の所有者は支援者であり、友人であった。

私はマンゴー園に行って驚いた。マンゴーというのはスイカみたいに生《な》っているのかと思っていたら、巨木なのだ。肉厚の大きな葉っぱがぎっしりと密生して、天蓋《てんがい》のように熱気を遮《さえぎ》る。

マンゴー園の樹下に坐ると木陰になり、そこだけ涼しい風が吹いてくる。

夜はマンゴーの大きな葉と葉のあいだから、満天の星がちかちかと煌《きらめ》いているのが見え、涼しい風がマンゴー園の樹下に吹きわたる。まさにオアシスなのだ。

熱暑を忘れて、涼しい風の吹き渡る、マンゴーの葉っぱ越しに星がちらちらと見える。

その樹下に横たわったり坐ったりしながら、若い弟子たちと、物語りや、いろんな問答を交わしている時間というのは、ブッダにとって人生の至上の歓びの時間であったろう。

そこで、ブッダの口から、人生は素晴らしいとか、世界は美しいという言葉が出てくる。いままでのこのシーンの見方は、よく理論だけで説明されようとしている。ブッダの思想として語られているのだ。なぜ「世界は美しい」と言ったのかという、そのことである。そのときブッダが感じた快楽というか、何ものにもかえがたい歓びというものを、私も初めてマンゴーの樹下で、夜風に吹かれて坐って想像した。

一枚の麻の袋かなんかを被って寝るわけで、寝物語りに、上を見るとマンゴーの葉越しに星が見える。インドの星はものすごい。宝石のように。空気がきれいだから、よく見えるのだ。

その下で、若い弟子たちとともに真理を語る。ブッダにとってはたしかに至上の歓びだっただろうと思う。それは想念というより、実感として、世界は美しく、素晴らしいものであった。

ブッダはそんな歓びを求めて、八十歳から旅に出たのである。

その後私は、ブッダが亡くなる契機となった、鍛冶屋《かじ》の村へ行った。これが、全然当時と変わっていないのではないかと思うような村であった。足を泥濘《でいねい》にとられるような道端に、藁葺《わらぶ》きの狭い家が連なっていて、いまだに鞴《ふいご》を踏んで、クワとかスキとかを、たたいてつくっている鍛冶屋がいる。

ああ、ここで供養《くよう》を受けて、からだを壊したのか、と思った。

ブッダに「水を汲んできてくれ」と言われたという川にも行った。弟子のアーナンダが水を汲んでこいと言われて、「あそこの水は濁っていますから」と渋っても、「いや、汲んでくるように」と、何べんも言われて汲みに行ったという川だ。

それは小川であった。幅五、六メートルぐらいの川で、橋が架かっており、いまではそこを車が往来している。

たしかに濁っている川であったが、アーナンダが水を汲みに行ったときだけ、きれいに澄んでいたという。私はその水際に坐って写真を撮ったりしたが、物語りの伝承というものがこういうかたちで現に残っている。それはすごく感動的だった。

ブッダは、この世界というものは、なんと美しいものだろうと感じて、そのことを、峠を越えるときなど、ふり返って口にしてたのだろうと思う。

クシナガラの、そのあたりで亡くなったという所を訪ねていった。

亡くなったとき一斉に花が開いたという樹も、ちょぼちょぼとあった。

ブッダの像のあるお堂がある。

ブッダも、死とともに偶像化が始まる。偶像化は人間の本性なのだろうか。ブッダはそういうことを否定しつつ生きたのだが。

偶像化という意思

親鸞も寺は建てなかった。念仏者が集まって語り合うということをするのだったら道場というものをつくればよい、その道場も、他の家よりちょっと軒《のき》を高くするとかでよい、と言っている。

そうして親鸞の時代には各地に多くの道場ができたが、藁屋根だったり、貧しい小さなものだった。教団を組織しようともしなかった。

法然忌が毎月あったが、当時も年々盛大になっていた。親鸞も最初のうちは出ていたが、後は出なくなる。

なぜか。出るといまで言うＶＩＰ席に通されて「何かお話を」とか言われるのが嫌だったし、儀式ばかりがあるような、かつての国家仏教ではないけれども、教団が権威としての存在になっていったからである。

本来、「名号一本」という。「南無阿弥陀仏」（六字名号）とか「帰命尽十方無碍光如来《きみようじんじつぽうむげこうにょらい》」（十字名号）などの筆書きのものが一本掛かっているだけ、というのが親鸞のイメージする道場だが、荘厳な、金箔《きんぱく》を塗った寺を、法然亡き後は教団は建てようとした。

ただ、教えを広めるためには、それも大事なのである。

たとえばロシア正教の寺院は、その土地でいちばん風光明媚《ふうこうめいび》な所に建っている。ソ連の経済崩壊の後ロシアとなったとき、いち早く建設されたのがロシア正教の寺院なのだ。貧しい農村でも、すぐにできた。

現地の人に、私は聞いたことがある。

「厳しい生活をしていて、あんなふうに立派なロシア正教の寺院が建つのを見て、何か矛盾《むじゅん》を感じませんか？」と。

するとロシア正教の敬虔《けいけん》な信者の一人が、「あれは、モーイドーム（我らの家）だ」と言った。

自分たちは貧しい生活をしているし、村全体が豊かになれるとも思わない。しかし、あそこにあるのは「我らの家」なのだ、と言う。

そこはいわば美術館でもあり、聖歌がうたわれるコンサートホールでもある。

そこで私たちが祈る。普通の生活の中では体験できない、聖なる時間を過ごせる場所である。「我らの家」なのだから、矛盾は感じない。自分たちの聖なる場所である、と。その人たちは生涯、エルミタージュに行くこともないだろう。しかし、自分たちの教会に行けば、中にはやたら装飾的な絵などがいっぱい飾ってあり、きんきらきんだから、その人たちは、生きながらにして天国を見る、という感じなのである。

蓮如が山科《やましな》の本願寺を建てたとき、どの大名貴族の館よりも豪華だった、と言われている。

それを建てるということ自体が、一つのケインズ的な、経済の刺激でもあったのだ。本願寺をつくるためには、多くの民衆の力が必要だった。石垣をつくる石工《いしく》、漆《うるし》を塗る人、仏具を彫る人、絵を描く人、瓦《かわら》を焼く人、大工もいれば、木や石を運んでくる人びともいる。一つの大工事がおこなわれることによって、どれだけの人びとがそこへ参加して働けたか。そして建立《こんりゅう》を祝う芸人たち、膨大《ぼうだい》な数の市。

そして、当時真宗は、臨済宗《りんざいしゅう》などの国家宗教と違って、幕府からよくは思われていないわけだから、そこに訪れてくる全国の門徒《もんと》たちは、荘厳《そうごん》な本願寺を見ることで、ああ、あの一枚一枚の瓦が全部、自分たちと同じ念仏を信じる人たちの志《こころざし》で建てられた、自分たちは孤独じゃないのだと、連帯を確認したのだろう。

千葉《ちば》乗隆《じょうりゅう》先生が言われるように、本当は美的要素を一切排除するのが真宗の伝統なのだ。

とはいうものの、親鸞自身がたとえば「南無阿弥陀仏」とか「帰命尽十方無碍光如来」という名号を揮毫《きごう》すると、それを表装して、表装の端の上の方にイラストレーションのように言葉を添えたりした。

そのことを千葉先生に質問した。

「でも、名号を美的に表装されていると思うのですが」

「いやー、蓮如は、名号はそのまま掛けて掛け破れ（どんなに破れてもかまわない）と言ったけどね」そう言っていたと思う。

これは未来永劫《みらいえいごう》に変わらない、大衆的な願望、潜在的な衝動《しょうどう》だと思う。

自分の崇《あが》める対象を、神格化、偶像化せずにはすまないという。明治以来、太平洋戦争の敗戦までの天皇制の絶対化も、民衆にとっては必要なものだったのだ。

人間は古代から、何かの前に跪拝《きはい》する、額《ぬか》ずいて拝《おが》むという習性があるのだ。

ブッダの孤独

さて、そしてブッダは鍛冶工《かじ》（の子）チュンダの供養したきのこ料理を食べ、激しい下痢《げり》をし、その何日か後に死ぬ。

おそらく熱暑のために料理が傷《いた》んでいたのだろう。ブッダは料理を食べている途中で、料理に問題があることに気づき、残ったものをだれも食べないよう土に埋めるようさりげなく指示している。

しかし、これはよく語られることだが、ブッダはチュンダを赦《ゆる》し、自分が死んでもその行為を非難しないよう弟子に厳命し、それどころかチュンダをブッダに最後に供養した者として貴《たっと》べとまで言っている。（『ブッダ最後の旅』）

明らかにこの食事によって自分が死ぬことを覚悟した言であるが、しかしブッダはどうしてこうも朗《ほが》らかにあたりまえのようにチュンダを赦すことができたのか。

ブッダの孤独について考える。

先にも書いたが、ブッダは梵天《ぼんてん》からの、教えを世に広めよという依頼を、三度断る。断った理由は、自分が悟った内容は微妙な個人的なもので、これをみんなに話したところで、真意を伝えることはできないだろう、と考えたからだ。

梵天はいちばん偉い神さまなのである。その神さまに二度も断って、三度も言われて、もう断りきれずに、とうとう、それでは、わかりましたということで、自分の得た悟りの片鱗《へんりん》を人びとに伝えるというふうに納得するのだけれども、こころの底では、非常な孤独感があったと思う。

人に語ったところで、真意は伝わらないだろう。でも、できるだけ伝わるように努力しよう。その片鱗だけでも、みんなにわかってもらいたいと思いつつも、心中では「悟り」というのは一人のものなのであって、それを、やさしく通俗化して伝えることなんて本当はできないのだという孤独感と絶望感とを、ブッダは死ぬまでずっと持っていたのではないか。

ブッダは最後まで孤独であった。けれども、人びとの求めに応じて、突っぱねることをせずに、「待機説法《たいきせっぽう》」という、こういうことを聞かれたときには、たとえ話でこういうふうに答える、というメソッドを作った。

たとえば農民に聞かれたときには、農作業の話題に引っかけて、やさしい答え方をする。いろいろ工夫はしているが、ブッダのこころの中では、自分が本当に悟った真実の奥の奥のところは、個人的なものであって、決して他人に、まして多くの人びとに、それが伝わるものではないと諦めていたと思う。それがブッダの孤独の一つである。

それでも、問いに答え、旅をしながら、人びとに説いていく。せめて伝聞や文書でなく、直接面授《めんじゅ》して真意を伝えようとする。それが少しでも自分の本意を伝える手段だと思っていた。

しかし、これで自分の思う通り弟子たちに伝わったとか、これで世の中の人びとに自分の考えを理解してもらえただろうとか、そういう思いは、最後までなかったように思える。だからブッダは、孤独の中に最後まで生きていたと思う。しかしそこはブッダの優しさなのだ。

さてここで、私は人間の孤独というものを考えるとき、どうしてもイエス・キリストの孤独について、述べなければならない。

イエス・キリストの孤独

イエス・キリストの孤独。

それはユダをはじめ弟子たちに裏切られることである。

イエス・キリストはいずれ自分が全員に裏切られることも、その理由もあらかじめわかっていた。

それは、彼の根底に、「人間というものは裏切るものだ」という認識があり、人間というのは罪あるものだという根本的な認識があったからである。

エルサレムで、姦淫したという女性に石を投げようとしている群衆に、「汝らのうち、罪なき者がまず石を投げ打て」とイエスが言ったとき、ひょっとしたらだれか自分は罪がないと思って石を投げるんじゃないかとか、そんな危惧《きぐ》はイエスには全然ない。

この生きている人間というのは全部、嘘をついている。つまり罪を背負っていない人間はいない、という意識が、はっきりしている。

そして、「我もまた」と言う。

イエスは、もっとも信頼している人間でも自分を裏切る、それは人間の性《さが》であると、それを原罪として認めているのではないかと思う。だから、いつか自分にもっとも身近な人間や弟子たちの中から、自分を裏切り、自分を死に追いやる人間が出てくるであろうと、そういうふうに思っている。

人を信じるとか信じないとかではない。

人間性を信じるということではなく、人は裏切るものであるということを信じて、そしてそれを大きく、自分もひっくるめて、赦《ゆる》している。

「汝の敵を愛せよ」は、自分を裏切る者を愛せよ、ということだろうと思う。自分を裏切る者を信頼せよ、という言い方か。

刑場に向かうイエスに対して、民衆は「吊《つ》るせ!」とか石を投げたりする。イエスも死ぬときに「神よ、なぜ我を見捨てたまうか」と言うが、それでも民衆や神を赦せ、ということなのだろうか。

そうだと思う。神も自分を救わないであろうという。それでも神の存在を、自分は信じるのだという。徹底的なニヒリズムの中から生まれた信仰という感じがするのである。

イエスは孤独だったが、孤独感に苛《さいな》まれている感じではないと思う。何か燃えるような確信が、「神よ、なぜ我を見捨てたまうか」と言っている中に、あるのだと思う。

自分がそのような裏切る人間を信頼し、裏切るとわかっている人間を愛することでしか成立しないものがある。もしもそれを「愛」と言うなら、愛は、裏切る者を愛することであるという。

神を信じることとは、自分を見捨てる神を信じるのだ。徹底して逆説的なのであるが、キリスト教や仏教の持っている大きさは、そういう逆説が存在して、自分はその逆説を生きるということにあるのではないかと思う。

イエスがゴルゴタの丘へあがっていくときに、自分に石を投げ、自分を罵《ののし》る、そのような人びとが救われることによって自分が救われるのだという、そういう感覚ではないだろうか。

「衆」と「孤」の関係は、つねに対立するもので、そして、孤の思想とか感情というものは衆に伝わらないというふうな諦念《ていねん》というか、絶望感というか、そういうものを多くの人が抱いていると思う。実際、それは伝わらない、どんなに言っても。

イエスが教えを伝えても、大衆ははじめ病気を治してもらうことしか関心を持たなかった。

その事情は非常によくわかる。たしかにそうだ。逆に、身近にいる熱烈な信徒というか理解者のような人たちも、結局、たとえば殉教《じゅんきょう》をよしとしてみたり、魔女裁判をやってみたり、いろんな方向へ行ってしまうという。

親鸞はまたこう言っている。我がこころは蛇蝎《じゃかち》のごとし……ヘビやトカゲのようなものが自分の中に棲《す》んでいる（「悪性さらにやめがたし こゝろは蛇蝎のごとくなり」：『愚禿悲歎述懐和讃』）。つねにそれを意識しつづけて、愛欲の広海に沈みこむ。

「誠にしんぬ。かなしきかな、愚禿鸞《ぐとくらん》、愛欲の広海に沈没《ちんもち》し、名利《みょうり》の大山《たいざん》に迷惑して、定聚《じょうじゅ》のかずにいることをよろこばず、真証の証にちかづくことをたのしまず、はづべし、いたむべし、と。」（『信巻』）

「南無阿弥陀仏をとなうるはすなわち無始よりこのかたの罪業を懺悔《さんげ》するになるともうすなり。」（『尊号真像銘文』）

懺悔はザンゲでなく「サンゲ」と読むが、つねに懺悔するこころがあるのは、人間認識の中に、いざとなったら人間は、『走れメロス』（太宰治）のようにはならないのだという認識である。だからこそ、あれが美談になるわけである。

たとえば、『論語』の中で「巧言令色鮮《すくな》し仁」と言うが、これはどういうことかというと、それだけ巧言令色が横行する時代だったのだ。

「沈黙は金」というのは、沈黙でないものがいかに多いかということである。つまり、教訓というのはつねに抑制作用として出てくるわけで、無言の尊さを貴ぶ社会というのは、じつはものすごく多弁な社会なのだと思う。

「南無阿弥陀仏」というのも、諸神諸仏に対する絶望と、そういう人たちを救ってくれる神や仏はどこにもいないのだという認識が出発点である。

そういう私たちが、自分のこころの中で阿弥陀仏という、自分が作りだした幻想という と「自力」になってしまうが、とりあえず、一つの物語を信じるわけである。

その物語とはこうだ。一人の菩薩《ぼさつ》がいた。菩薩は修行者である。法蔵菩薩という。法蔵菩薩は、すべての人びとを救おうと決意した。すべての人びとが救われないなら自分は仏にならない。すべての人を救わない限り、彼は仏になれないのだ。悟りを得ることができない。もしも一人でも救い残しがあったら自分は仏になれない。そして結局、彼は私に、阿弥陀仏になった。人びとに対しての上からの一方的な慈悲ではなくて、この者たちが救われることで自分は仏になれるのだという、両方の相互関係がそこにある。

信仰と孤独

信仰というものは、常識と正反対のことを言う。

正反対のものがあることによって、普通の常識が成り立つという。そういう相互関係にあるような気がする。だから一つではなく、たとえば男と女があるように、常識と非常識がある。論理と非論理がある。「不合理ゆえに吾信ず」は、そういうことだ。「キリストの復活」というのもそういうことだ。不信のどん底で復活する。そこまでいかないと復活はありえないのではないか。つまり、人のこころの中に甦《よみがえ》ったということだろう。

本田哲郎さんの本（『聖書を発見する』）は、聖書の翻訳の問題について、イエスは「大工の子」と言われているが、石工《いしく》の子なのだとする。

大工というのは、家を建てるときの特殊技能の持ち主として、少し地位のある人間であった。それに対し、石工は難民たちがしかたなく採石場でコツコツやっていたような仕事であった。要するに当時その土地でもっとも下層の仕事に就いていた人間だったということがわかってくる。

イエスにしても、ブッダにしても、法然にしても、親鸞にしても、孤独ではあるが、孤独の中で、愛とか、自分が頼るべきものとか信頼するものを、この世の中には探そうとしなかった。

親鸞の場合、親鸞への信奉者というか、親鸞を誉《ほ》め称《たた》える言葉は多い。親鸞を論ずる人も、知識人の中には非常に多い。

しかし、親鸞は、たとえば、3・11のような事件に対しても、「念仏を唱《とな》えよ」としか言わないだろうと私は思う。

人間のできる具体的な協力、援助、ボランティアの範囲には限りがある。一生やれるわけでもない。だから、念仏を唱えよ、と言うような気がする。

日蓮は、その逆なのだ。その点で親鸞を非難もしている。

だから日蓮を信奉していた宮澤賢治は『銀河鉄道の夜』の中で、浄土というか楽天地を死んでからあの世で求めるのではなくて、私たちは「天上よりももっといいとこ」をいま生きているこの世に建設すべきだとジョバンニに言わせているし、そうした主張を他の文章でも残している。

フランクル　友情と孤独

近代ではどうか。

たとえばフランクルが著した『夜と霧』（みすず書房）のアウシュヴィッツ収容所の中では、友情や孤独の問題は、どうだったのだろう。引き揚げのときのように、極限的状態では、友情はないものなのか。

ないことはないと思う。残忍なカポー（看守を手伝う被拘禁者《ひこうきんしゃ》、囚人頭）という存在にも、フランクルは心を通わしたこともあった。フランクルの言うように、自分の説いた言葉を、友人が涙を浮かべながら感動して聞いてくれたという例もあるだろう。

しかしいろいろな人びとの中には、そっぽを向いた人間もいただろうと私は思っている。

現在の多くの読者は、この本の中の人間を理想化しているような読み方をしている。

たしかに、理想化されたものを人は求めるのは事実である。人は崇高《すうこう》なものを求めるし、崇高な出来事もたくさんある。そしてそのことを人びとが語り、それを聞いて感動する。でも、その話だけが語られるとなると、本当はそんなものじゃないと、私は思う。逆に人は獣《けだもの》だと言われても、そんなものじゃないだろうと思う。どっちなんだと言われても、それは、獣であると同時に、崇高なものである、としか言いようがない。

現実には、二者択一《にしゃたくいつ》を迫られることがたくさんあるだろう。その状況では、「人間は複雑なものだ」などと言っているわけにいかない。

たとえば、「同僚を密告しろ。密告しなければ、おまえは地方へ飛ばす」と言われたら、どうするか？　イエスか、ノーか、しかないわけである。

そのときに「同僚を裏切ることはできません」と言って、自分の家族や子供を引っくるめて遠くへ飛ばされることをスッと選択できるかどうか。

遠くに行かされるというような場合だけではない。それこそ、密告をしなければ殺されるというような状況は、世界史の中でいくらでもあった。

一時期のフランクルのブームを見ていると、そこに描かれているような話を読むのはやはり気持ちがいい。あるいは、いかに美しく生きた日本人が戦争中もいたか、という話を聞くのも気持ちがいい。そのことで、ぽっと、こころに明かりが灯《とも》ったような気になるのだ。

しかしその気持ちの良さというのは、やはり気をつけなければいけないとも思う。

フランクルの例では、良い監督者もいた例が出てくる。多くの読者にはそこがいちばん心にひびく。ナチスの中にも、いい人がいた、敵味方を超え、人間性の本質的な信頼というテーマである。

それは難しい問題である。

私たちにも、敗戦後の立場の逆転した中で、どれだけ現地の朝鮮人や中国人やいろんな人たちが、人間的な配慮、扱いをしてくれた例があるか、と言えば、それは限りなくある。朝鮮からの避難のとき、現実に一人しかトラックに乗れないと言われて、二人が同時に手をかけて、「いや、僕はいいから、あなた乗りなさい」と言って、乗せた人も実際いたのだ。

しかし、あえて言うが、それはいたとしても、そのことだけを言うのは、公平ではないと思うのだ。そうなると、正しいか間違いか、本当か嘘か、人間は崇高か邪悪か二つに一つの選択、判断基準しかないという考えに陥ってくる。

私が『弱き者の生き方』で対談した大塚（初重）さんは戦争中、「自分は船が沈没しそうなとき、自分の足にしがみついてきた人たちを、燃える船底に蹴落として生き残った人間です」と語っていた。そういうこともあるし、手を差し伸べて一緒に落ちることもあるかもしれない。同じ人間の中ででもである。でも、手を差し伸べて一緒に落ちた話だけをするのは、何かを見失ってしまうと思うのだ。

現実には二者択一ということがあるから、これはなかなか難しい問題である。難しい問題であるが、そのことをつきつめて考えたりすることは、大事だと思う。

真実を見し人

群《む》れと同化するということと、群れから離れていくということと、二つの相反《あい》するこころの動きが人間の中にある。定住することと、定住しないで放浪するというもの、両方がある。

国家や近代社会は、定住を人びとに強制し、定住によって文化が栄えてきたという一面があるから、非定住の人びとに対して、ある種の無意識の羨望《せんぼう》と同時に軽蔑《けいべつ》や差別をおこなってくるわけである。これが人間の歴史だと思う。

前にも述べたが、ホモ・サピエンスはホモ・モーベンスだというふうに考えて、高齢化していく中で、人間の隠されていた願望というものが露呈《ろてい》してくる。これがいまの老人の徘徊《はいかい》というような現象の一つだと思うと私は記した。

徘徊を病的な現象として捉えることが間違っている。病気の一つであると見るのではなく、人間本来のみずみずしい、ホモ・モーベンスとしての本能が甦《よみがえ》って、いろんな社会的拘束とか常識とか、そういうものに縛《しば》られず、その人間が素直に行動しているのだと。

いわゆる精神を病んでいるとされる人たちの行為の多くも、社会的規範《きはん》から離れているということである。その中には、人間の本来持っている、これまで無理やりに、慣習とか、力によって、いろんなかたちで抑圧されたものが、表面に現れているように見える。とくに、高齢化していく時代においては、そのことを考えなければいけない。

鬱《うつ》もそうである。それ自体が病的な症状であるというより、それが本来の人間のすがたであるように思えてならないことがある。「衆生病《しゅじょうや》むがゆえに我病む」という言葉があるが、困難な社会状況のもとで、こころふさぐのはむしろ当然なのかもしれない。

金子みすゞは、自殺するわけだけれども、「私に食べられる魚はかわいそう」（「いたずら一つしないのに、／こうして私に食べられる。／ほんとに魚はかわいそう。」（『永遠の詩01　金子みすゞ』小学館、「おさかな」より）と詠《うた》った。その通りなのである。

だけど、それをずっと考えつめていると結局、人は生きていけなくなる。どこかで生命の循環《じゅんかん》とか弱肉強食が真実であるというふうに、自分を納得させないと、ナイーブなころのままでは生きていけない。

一面では、金子みすゞのように、大漁、大漁とみんな騒いでいるけれども、海の底ではイワシの親戚や知り合いが、捕られたイワシのとむらいをやっているだろう（「朝焼《あさやけ》小焼《こやけ》だ／大漁だ／大羽《おおば》鰮《いわし》の／大漁だ。／浜はまつりの／ようだけど／海のなかでは／何万の／鰮《いわし》のとむらい／するだろう。」：「大漁」より）と考えるのは、小林多喜二より一歩先を行っている感覚だと思う。

小林多喜二の『蟹工船《かにこうせん》』では、蟹工船で働かされる労働者たちの悲惨さや搾取《さくしゅ》の状態を見事に描いている。そこではものすごい量の蟹が機械の底引き網みたいなもので甲板へ次々に引き揚げられて、その場ですぐに茹《ゆ》でられて、船をおりるときには缶詰ができているというか、加工状態になっている。

労働者の悲惨は描いているが、蟹の悲惨な運命は、同情はしなくてもいいから、少しは考えなかったのだろうか。本気でそう思う。

私は九州の福岡の田舎の山村で、肥後に近い、山襞《やまひだ》の上の方に住んでいた。

雨が降ると山道に、小っちゃなサワガニが、川のように、湧《わ》きあがってくる。よけて通れないから、じゃりじゃり踏んで通らなければしょうがないのだ。それくらい大群のサワガニが生まれてくる。

それをバケツいっぱい山のようにとってきて、じゃらじゃらと音がしているそれを臼《うす》の中に入れて、塩と唐辛子をいっぱい入れて、杵《きね》で搗《つ》く。「がんづけ（蟹漬け）」という食べ物を作るのである。

杵で搗くたびに、じゃり、じゃり、という音と、蟹《かに》たちのざわざわという音がする。少年の私はそれが耳について眠れなかったことがある。がんづけは大事なタンパク質の栄養源なのだ。シオマネキなど海の蟹でも作ることがある。

そのときに、金子みすゞのように、杵で搗かれてつぶされる蟹はかわいそう、という感覚を持つ人は、生きていけない。

私たちは目をつぶって暮らしているわけである。

宗教というのは、目をつぶって生きていることに、ときどき目を開かせてくれるようなものだろうと思う。だからこそ、できないことを言うのである。

「右の頰《ほお》をうたれたら、左の頰を向けよ」

とか、

「汝の敵を愛せよ」

とか、できっこないが、それは、私たちのこころの底にトラウマのようにかかえているものに語りかけるから、ドキッとする。そこで、自分たちの置かれた生命の循環という名の残酷さとか、つまり、それが「悪」というものであるとしたら「存在悪」というものなのだろうが、その存在悪と正面から向き合う機会を与えてくれる。

自分たちは善人であり、しかもちゃんとお寺に行ったり寄附《きふ》もしたりしているから、というふうに思いこんでいる人間たちのことを、親鸞は、いわゆる「善人」であり、「そんな人間でさえも往生するなら」と言っているわけである。

私たちは、ものごとを見るとき、人間の明るい面を見るか暗い面を見るかといえば、暗い面を見ざるをえないだろう。

エリ・ヴィーゼルの『夜』（みすず書房）という、アウシュヴィッツ収容所の体験について、フランクルと対比的なドキュメンタリーを書いた本がある。

フランクルの場合には、どんな絶望的な状況にあっても人間の矜持《きょうじ》と誇りが保《たも》たれたという、ある意味での気高さというか、それに対する感動がある。

もう一人のユダヤ人（エリ・ヴィーゼル）は、アウシュヴィッツに着いたとき自分が目にしたのは、トラックの荷台から、運ばれてきた嬰児《えいじ》（赤ん坊）たちが、ざーっと穴の中に落とされていく光景だったという。トラックに積まれた嬰児たちが、ザザザッと、燃える穴に放りこまれていく。

焼却《しょうきゃく》用の穴があって、燃やすわけである。そこへ落とされる赤児を見た瞬間に、もう自分には神はいないというか、人間のこころはここにはないと決めたのである。

フランクルとヴィーゼルのあいだに、現実というものはあるわけだろうけれども、とにかく、私たちはそのような人間の一員である。

もう一方では、やはり生きていることを歓ぶ。

たとえば、橘曙覧《たちばなのあけみ》の「たのしみは　まれに魚烹《うおに》て　児等皆《こらみな》が　うましうましと　いひて食《く》ふ時《とき》」みたいな、「魚っておいしいね、おとうさん」と言って食べる無邪気な子供たちの顔を見ていると、本当にこころがほのぼのとあたたかくなってくるという。これも一つの人生の側面なのである。

ただ、それだけを見ているわけにいかない。

ヴィーゼルは、とにかく一ぺん「それ」を見てしまった以上、もう前の自分には戻れない、と思う。たしかにそうだ。ザザザーッと赤ん坊がトラックの荷台から焼却用の穴の中へ落とされる光景を目にしてしまったら、もうそれは、終わりだろう。

元気で明るくというのは理想だが、なかなかそうはいかない。

ただ、「時代」というものがある。明朗《めいろう》な時代、前向きの時代、停滞《ていたい》する時代、後ろ向きの時代、鬱《うつ》の時代、躁《そう》の時代とある。

たとえば十九世紀のロシアは、ある意味では鬱の時代で、ロシアのインテリゲンツィアなどは、とにかく悩みに悩んで、悩んだ中から、トルストイやドストエフスキーが出てくる。

時代風潮として、鬱であることが人間的であると考えられるような時代と、そんなものは社会の邪魔《じゃま》だというような躁状態の時代とがある。

日本の高度経済成長期は躁状態の時代で、その息が切れたときに、鬱の時代がちょっとあった。いま、ふたたび躁状態のほうへ戻ろうとしているのだろうか。

放浪教徒たち

現代では、全世界的に「孤立する異端」という人びとが出てきている。

イスラム教のシーア派の中に、分派のアレヴィー（派）という人たちがいる。クルド族などに多いが、隠れアレヴィーという人たちもいる。

アレヴィーの集会に行ったことがある。

アレヴィーの祈りの仕方は他のイスラム教徒と違う。私が実際に見た範囲だが、クルーアン（コーラン）を信奉するのは同じだが、彼らはまずモスクで礼拝しない。一日五回の礼拝もない。お祈りするときは男女同席。他の宗派は礼拝のモスク内で男女をきちっと分けるが、アレヴィー教徒は男女が入りまじって礼拝していた。

サズという楽器を演奏しながら歌い、かつ踊ったりする。そのため、主流派のイスラム教徒からは、異端として排撃《はいげき》され、弾圧されてきた。

イスラム教は原則美的要素を重要視しない。タイルの模様のようなものはやるけれども。アレヴィーの人たちは美しい絵を描いたり、戦いの像を掲げたりするから、そのことでも異端だと言われる。

最近になって、隠れアレヴィーの人たちが、どんどんカミングアウトして、トルコでもイランでも、大変な数になっている。「じつは俺《おれ》もそうだ」という人が増えて、政府も、そういう人たちを弾圧することができなくなった。いまやトルコでは国民の一割五分から二割ぐらいはアレヴィー教徒ではないかと言われている。

同じように、誕生当時の仏教は、ヒンドゥーとかバラモンの人たちから見ると、非常な異端の改革宗教だった。

キリスト教もそうである。いわばユダヤ教の改革派だから、キリスト教はもともとユダヤ教の分離派と言ってもいいと思う。やがてそれが全世界を覆う巨大宗教に発展していくわけである。

政治団体と同じように、宗教のグループも分離と分裂と抵抗の歴史をつねにくり返す。

ロシアには、二つの宗教と二つの民族があった。ロシア正教の中の二つの流れである。まず、ロシア正教を国教として、グローバル・スタンダードに合わせてギリシャ正教的な要素をとり入れて改革をしようという一派があった。そこで十七世紀に、嵐のような改革運動が起きた。それは国家的な使命でもあった。

つまり、ロシアの宗教の中の、土俗的なものがまじっているものを一つに統一しようとした。そして、国家を近代化し、ウクライナ、クリミアを併合する。

ヨーロッパの期待は、ロシアがトルコまで、コンスタンチノープルを占領してほしかった。そのため、さかんにロシアを刺激して、近代国家として大きな勢力となり、ウクライナからコンスタンチノープルまで、ある意味で新しい東ローマ帝国をロシアにつくってほしかったのだ。

しかしそうした中で、保守派というか、旧教徒と言ったほうがいい一派があった。「古儀式派」（スタロオブリャージェストヴォ）、「ラスコーリニキ」（分離派教徒）というのは、大乗仏教の人が小乗仏教と言って卑しんだと同じような、主流派教会側が使う蔑称だが、ふつう「分離派」と言う。分離派は抵抗派である。

ロシア革命時、旧教徒の人びとが相当の人数をもって近代化に抵抗し、その抵抗勢力がずっと続いてきて、それを無視しては革命もありえないという状況になっていた。

旧教徒と新教徒の対立は熾烈をきわめた。「新教徒」は国教徒だから、国の権力を握っており、旧教徒を徹底的に追放、弾圧、拷問と、ありとあらゆることをくり返す。

それに対して、ロシア国民のパスポートというか国民証を投げ捨て、自分たちはこの国の民ではない、正しいロシア正教の教徒である、と言って集団で各地へ分散したり逃れたりした人たちがいた。

その人たちが、お互いの共同体の中で、いろんなかたちで資力をつけ、とくにヴォルガ川の流域はそうなのだが、経済的に非常な力を持ってくる。高利貸しなどの仕事をすることで次第しだいに蓄積していって、繊維業界——モロゾフは典型的なその一族だが——などで大きな資力を得てくる。

分派、セクトができるというのは、あらゆる宗教にとっての宿命なのだ。

この歴史的な関係については佐藤勝《さとうまさる》氏と対談したときに教示を受けたが、いま、ウクライナの帰属をめぐって争われている、大ロシアに属するか、それともヨーロッパにいくかという問題で、分離派、放浪《ほうろう》教徒と言われたアウトサイダーがじつはクリミアなどにたくさん入植しているのである。

その人たちがロシアのいわゆる新しいグローバル・スタンダードに反対して、ロシア民族主義というか、ロシアはロシアでなければならないというようなイデオロギーにたいし、ひそかな抵抗を続ける。トルストイは自分の印税をそちらへ渡していた。奥さんがひいひい言って怒ったが。

それはロシアの主流派教徒に対する抵抗であった。当然トルストイの新刊は発禁となり、自分も最終的には家出というか、単なる個人的な家出ではなく、放浪《ほうろう》教徒と言われる人びとと軌を一にしようとして、自分の家を出て、その旅の途中で死んだのである。最終的には東欧、ブルガリアの方に行きたかったという。

「デラシネ」として生きる

私は「デラシネ」という言葉を使ったことがある。『デラシネの旗』という本も書いた。誤解されて「根無し草」と訳されたりした。それは全然違う。政治的な力や、大きな力で根こそぎにされた人びとのことなのだ。力づくでその土地から引き抜かれて、よそへ送りこまれた人たち。難民キャンプにいる人たちが、いまのデラシネなのだ。

故郷を離れ生活していた人びと、たとえばブッダとか、西行《さいぎょう》とか、芭蕉《ばしょう》にしても、そのときの体制がある程度きちんと定まった中で家から脱出するのであって、完全に体制が崩壊した中でデラシネにされた人びとではない。

シベリアの抑留兵《よくりゅうへい》たちは、好んでシベリアへ行ったわけではなく、無理やりに連れていかれた。シベリアだけでなく、ウランバートルまでとか、とんでもないところまで送りこまれて重労働をさせられる。それがデラシネなのだ。志して行ったわけではない。

私の場合、放浪とか孤独とか孤立するとかは、好むと好まざるとにかかわらずある意味では日常的なことだったから、逆に、鴨長明《かものちょうめい》がわざわざ山に入るというのは、本書の巻末にも付した堀田善衞《ほったよしえ》氏との対話にもあるように、ずいぶん余裕のある人だったのだなと思う。

長明はよく人家の方に下りてきたし、一時期また宮仕《みやづか》えのような仕事もしている。

彼の時代を見る目は本当に的確であったし、貴重な記録をいっぱい残している。ただ、隠遁《いんとん》に憧れたのは、やはり上流の人だったからなのだろうと思う。下層の働く人間が隠遁なんて、考えもしない。

また自分の学生時代の生活の話になるが、隠遁どころの話ではなかった。

昔の学生が一度は必ず読むような、哲学書を読んでいる人を見れば、ずいぶん暇があるなと思ったりしていた。

ただ、政治活動に身を捧《ささ》げる、理想主義的なコミュニストが何人かいた。純粋に、働く人びとのために自分の身を捧げて、生涯そういう活動を続けていこうという、そういう人たちだ。

その当時を体験した同時代人の一人、廣松渉《ひろまつわたる》さんが対談のときに言っていたが、理想主義的な学生活動家などの活動家たちは、妊娠をさせないように、パイプカットをした者もいたという。政治活動に命を捧げるのだから、子供とか家庭とか、自分を縛るものは、持つべきでないと。それを聞いたときは、ちょっとショックだった。

私のクラスの中にも何人か政治活動に生活を捧げている学生がいたが、彼らはどこかある種の畏敬《いけい》の念をもって見られていた。

それはなぜというと、本当に貧しい苦しい生活をしながら、私生活を捨てて、二十四時間といっていいぐらい、党と人民のために献身しているという感じだったからである。

私は一九五二年に大学に入っているが、当時ルイ・アラゴンなどの小説がすごく読まれた。もちろんロマン・ロランとか、マルタン・デュ・ガールなどの小説も読まれた。

一方では実存主義の作品があり、ある種のデカダンのようなものに身を投ずる人もいた。

その当時、いまでは想像もつかないが、スターリンを、〝わが父〟と、心から慕《した》っていた若者たちも少なくなかった。

そのことを考えると、なんと人間というのは愚かしくも、間違った幻想、イリュージョンの中で動くのだろう、というふうに思う。

その十年ほど前は、皇御国《すめらみくに》の人間として、戦争のために命を捧げんと生きていたのである。日本人ということより、人間というのはそういうものなのであろうか。

友情という孤独

私の小説で、友情をテーマにしたものは少ない。

この人はすごく好きだ、この人とは気が合いそうだ、生涯の友になれそうだという人とは、かえって気をつけて、できるだけ距離を置くようにしてきた。

水のような付き合いでないと友人とは長く続かない、という。細く長く続いたほうがいいのだ。遠くで、おたがいに見守っているというような付き合いが、いちばんいい友情だと思っている。

細く長く、持続することが大事だとずっと思っている。仕事でもなんでもそうだ。

友情はある。水のごとき友情というのがある。

亡くなった阿佐田哲也《あさだてつや》さんとか、親友は多くいたし、いまもさまざまな友だちがいるけれど、一年に一回言葉を交わすとか、何年かに一ぺんどこかで偶然会うとか、できるだけ、濃密な付き合いを避けてきた。

それはこちらの思いだけかもしれないが、向こうもちゃんと思ってくれている。だから、毎日、顔を合わせて、べったり暮らすようなことは絶対しない。子供時代からそうだったような気がする。

人間は結局、最終的に独りなのだという気持ちがずっとあったからだろう。

しかし内心は人間を大切に思っている。大切なものは壊したくない。

親鸞《しんらん》の言うように、人間は本来、悪《あく》というものをかかえて生きている。だから人間同士が近づいて、接触していくと、否応《いやおう》でも、悪の部分が出てくる。

たとえば、いくつかの戦記にあるように、定員いっぱいの救命ボートに、同僚が乗ろうとしたとき、譲ることができるか。それはなかなかできないことだろうなという気がする。

夏目漱石と友人や弟子《でし》たちの付き合いを見ても、よく手紙を書くとかということはあるが、ひんやりとしたものだ。

「君子の交わりは淡きこと水のごとし」(『荘子』)と言うが、それはただ人間嫌いでクールというのではないのだろう。人間関係を大切にしているからこそ距離を置くということだ。

私が、この本の中で、もしも語ろうとするならば、孤独であれとか、孤独が大事だとか、という単純な話ではない。

つまり、孤独の持っている恐ろしさや、孤立感や、たよりなさや、そういうものから目をそむけてしまい、安直な絆《きずな》だけを求めるのではない。世間の絆というものを大事にしながら、同時に、その中で、ひとり生きてゆくことの意味を問うべきだと思うのだ。

『走れメロス』の「約束」と言うけれど、約束を守ることができないときも人間にはある。誓《ちか》いを守ることができないときもある。そのことを知ってしまった人間たちは、どうすればいいのか、ということである。

いま、私たちは孤立を恐れている。

しかし、人との付き合いはするけれども、付き合いがなければ生きていけないということではない。孤独でも人は生きていけるのだ、と思う。

友情というものに過度の期待をかけるのはやはり禁物である。友情はいつか消えたり、裏切られたりするものだということを頭の隅に置きつつ、同時に、友情に殉《じゅん》ずる。

それは難しいことだ。

末法を超えて

先に法然のことを述べた。

明恵《みょうえ》は、法然の念仏に共鳴していた僧である。

しかし法然の『選択本願念仏集《せんちゃくほんがんねんぶつしゅう》』という、法然思想のいわばマニフェストを読んで、驚愕《きょうがく》した。そこでは他宗を一つ一つ厳しく批判して、ことごとくダメだと諸神諸仏を否定していた。

明恵にとっては、「発菩提心《ほつぼだいしん》」と言って、汚れたこの世から悟りを得ようという宗教的発願がいちばん大事なはずであった。

しかし、法然によれば、そういうことなど考えなくともよい。愚《おろ》かな人間ほど良いのだ、愚かな人間は愚かな人間のままに、ただ念仏すれば阿弥陀仏から救ってもらえると、ひと筋にそれを信じて生きればいいのだ、という。

明恵は憤激《ふんげき》し、有名な『摧邪輪《ざいじゃりん》』(『於一向専修宗選択集中摧邪輪』)という批判の書を著す。

明恵という人は、六、七歳の頃、すでに僧になると決意していたらしい。父親か母親が「この子はルックスがいいから、宮中の殿上人《てんじょうびと》にすれば、きっと偉い人に可愛がられて出世するに違いない」と言っているのを聞いて、自分で縁側から飛びおりて敷石にぶつけて、顔を傷つけようとしたというエキセントリックな人間である。あるいは一説によると、焼け火箸《ひばし》で顔を焼こうとしたという。六、七歳にして出家仏道へ入る志《こころざし》をかためるような早熟で利発な子供だったらしい。

論争と言えば、親鸞が、

朝家のおんため国民のために念仏せよ。

（「朝家の御ため、国民《くにたみ》のために念仏まふしあはせたまひさふらはゞ、めでたふさふらふべし。」

――『親鸞聖人御消息集』）

と言ったことに対して、太平洋戦争以前から論争がくり返されてきた。

戦時中は、浄土真宗の教壇《きょうだん》が、親鸞は朝廷を大事にし国を大事にする、そのために念仏せよと言ったということを金科玉条《きんかぎょくじょう》としてふりかざし、「国恩離背せず」という親鸞の一徹な思想を、なんとかカバーしようとした。

戦後は戦後で、逆に親鸞がまったく国家主義者ではなかったと言いたいがために、服部《はっとり》之総《しそう》氏などは、その親鸞の言は親鸞の皮肉であって、本心は、国民とか朝廷のために念仏したい人にはさせておけばいいじゃないか、本当は自分一人を救うことが大事なのだという意味で書かれたのだと言った。それもまた大論争になって、くり返し、くり返し、さまざまな説があった。

古田武彦さんのような、親鸞を進歩的な立場から見る人たちは、自分を憎み、自分に敵する者にさえも、その人間に慈悲をかけようという大きなこころだと解釈する。たとえば自分を罰しようとしている、その人間のためにも。

法然は「末法《まっぽう》」ということをしきりに言う。

正法《しょうぼう》の時代があって、像法《ぞうぼう》の時代があり、いまは末法の時代である。こんな時代ではだれも修行はできないし、善行も積めないし、悪に染まらなければ生きていけない。だから、と言う。だから「悪人往生す」(「善人なほもつて往生をとぐ。いはんや悪人をや」:『歎異抄』〈親鸞〉)という言葉が出てくる。

それを「機」と言う。「いまだから」ということなのだ。

親鸞がしようとしたことは、さらに一歩進めて、いや、いまだからじゃなくて、それは永遠の真理だとする。

法然の言だとタイムリーな発言になってしまう。「戦後だから」とか「国が豊かになったのだから」とか、そのときそのときに出てくる言葉になってしまう。

しかし親鸞は、末法であろうと正法であろうと永久に貫く真理だと考えた。そこから法然と親鸞の差が生まれてくる。

たぶん、浄土宗というものを、末法の仏教から久遠《くおん》の仏法にしようとしたのが、親鸞なのだろうと思う。

移動して生きる人びとへの視線

日本の文芸の伝統の中には、一般社会を離脱し隠遁したり放浪する者に対する、憧れというものが潜在的にある。

本書のはじめにも引用した「サンカ」と呼ばれた人びとは、かつて日本人が、区分田とか、国の行政の下で、土地に縛りつけられた「常民」として働かされてきた中で、そうしたものから逃《のが》れて、彼らよりはるかに下だというふうに位置づけられていた流浪の人びとだった。

しかし、そうした人びとに対する、ある種の無意識の憧れというのも隠せない。

高橋竹山《たかはしちくざん》さんが以前、私に言ったことがある。

最初に自分が津軽三味線をやりたいと言ったときには、親戚一同に、「おまえは、ボサマになる気か」と言われたという。

「ボサマ」はその土地で「ほいと（物乞い）」という意味で使われた言葉だった。津軽三味線を弾《ひ》く流れの芸人のことだ。自分たちは、こんなちゃんと自分の田も持っているのに、そういう階級に身に落とそうとするのかと、親戚一同から猛反対を受けた、という。

しかし、高橋さんは、自分の道を貫き、国から表彰されるまでになった。

移動する人びとは自由に移動する。しかし、定着した人びとから見ると、移動する人びとは、蔑視《べっし》の対象になり、同時にある種の憧れをもって見られる。

折口信夫《おりぐちしのぶ》の言う「まれびと（客人）」、「まろうど」として、訪れてくる人びとを迎える人びとの感覚だ。韓国でも「サムルノリ」という移動の芸人たちがいる。

そういう人びとを、村びとたちは待ちかまえて、歓待し芸を楽しむのだけれども、その人たちが宿泊するときは、村の外にしか泊めない。自分たちとははっきりとした境界を設ける。

昔、木村毅《きむらき》氏（作家、評論家）が書いたエッセイの中に、ロンドンで地下鉄に乗ると、ときたま、いまで言うロマの人たちが車内に乗っている姿を見ることがある。彼らをちらちらと眺めているイギリスの紳士たちや淑女たちの目の中に、ある種の蔑視の感情と同時に、羨望と憧れの視線が、自分には感じられた、というふうなことを書いている。

いろいろなことにとらわれず、自由に生きていく彼らの姿に対する、定住市民の無意識の憧れというものが、いまも潜んでいることは間違いがないだろうと思う。

「ボヘミアン」という言葉も、一般の市民からすれば蔑視の言葉である。流れ者、さすらい者、というような意味である。

しかし、くり返し、くり返し、日本人は寅さんの映画を観るわけだし、国定忠治の芝居など、無宿、流れ者、「関東無宿」という任俠ものも、日本映画ではずっと定番である。

江戸時代には無宿人狩りというのがあり、無宿人はそれだけで罪人扱いされた。

そうした絆を逃れて流浪する人間に対する共感がある。

それが、たとえば西行法師、あるいは芭蕉のような、一つの芸道を守っていく人たちにも伝わっていくし、もう一面では任俠、犯罪者、アウトロー的なものに対する憧れともなっていく。

日本の文化の伝統の中で、侘《わび》と寂《さび》が重要であると言うが、茶道、生け花を芸術として確立させた千利休《せんのりきゅう》は、歌人でもあるが、こころの中に流浪への憧れがあったように私は思う。利休は命令されれば金の茶室などをつくったりするけれども、その一方で、河原に葦《あし》で編んだ屋根の掘っ建て小屋をつくり、そこで静かに川の音を聞いているような世界に対する憧れというものが、こころの中にずっとあったようだ。

侘・寂という美意識は、功成り名遂げた常民・定住民の、漂流民の生活への憧れだというふうに私は思う。金の茶室でお茶を点《た》てるよりは、苫屋《とまや》というか、仮の住まいの中で、せせらぎの音を聞くように。

放浪という願望

人間というものは本来的に、動くこと、移動すること、そういう欲望を持っている動物であるとすでに書いた。自分の足を使って動きまわりたい。目的を持ってどこかへ行くということだけではなく、動きまわること自体の本能を人間は本来、持っているのだと考える。

それを私は「ホモ・モーベンス」と呼んでいるが、これは人間本来の、本能の一つだと考えるのである。

もともとは狩猟、採集をし、移動しながら暮らしていた人間が、いつの頃からか定住したが、人間にとっては不自然で無理なことなのであった。だから、定住している人たちが、蔑視しつつも憧れるというかたちで、折口信夫の言う「まろうど」を迎え入れるのは、自分たちが果たせないことを果たしていることへの尊敬からである。

土地に縛りつけられて、日が昇ると働き、日が沈むと寝る。そして国への貢《みつ》ぎ物をただ作っていく。それが人間の道だと讃美され、おまえたちは立派な民草《たみくさ》なのだと言われて、移動放浪を禁じられた人間は、自由に移動放浪してやってくる旅芸人とか、移動民とか、物乞いとか、そういう人たちに対して当然のことながら蔑視と同時に羨《うらや》ましさの感覚を抱いていた。

私たちが社会生活の中で慣らされ仕込まれてきた、定住民は優れている、定住することが人間にとって大事なことだという既成の概念に逆らうものがそこにあるから、人びとはそれを異常と感じ、それに対して恐れと侮蔑の感情を抱いたのではないか、というふうに思う。

本来は、自分たちが自由に動けない、ホモ・モーベンスでないことに引け目を感じなければいけないが、国というものをささえている土台だと言われ、「おおみたから」と賞《ほ》め讃《たた》えられ、おだてられ、そういう気持ちになっている。そうでない人間は非国民なのだ。

だから、旅芸人にしても、韓国でいうサムルノリという芸人たちにしても、村びとたちは喜んで迎えながら、泊めるときには、やはり村の中には泊めないのである。

そうした二重構造があるのだけれども、定住している人間にも、移動する、動きまわる、そうした人間本来の願望はある。

ブッダにしても、イエスにしても、あちこち動きまわる。ホモ・モーベンスなのだ。ブッダは、ただ説法し、教えを広めるため歩きまわるという目的意識だけでなく、ブッダにとっては、歩くことがまるで水を飲むように必要だったのだと思う。

自分らしく生きるためには、ガンジス川を渡り、灼熱の大地を越え、マンゴー園の樹下で休む。そのときが彼のいちばん人間らしく、いきいきした至福の状態であったのではないかと想像するのである。それは人間の原形なのだ。

だから、老人の徘徊《はいかい》は、ある意味では「聖なる歩行」というふうに私たちは見て、「どこへ行ったかわからないな、しょっちゅううろつきまわって」なんて頭ごなしに叱ったりしてはいけないと思う。

人間は、集団生活を始めると、仲間の多いほうが戦ったときに強いので、五人が八人になり、八人が十人になり、大きな集団をつくるようになっていく。しかし本来、集団をつくると同時に、集団から離脱したいという、つねに人間という動物は、相《あい》反する衝動《しょうどう》というものを内側にかかえているものであろう。

必要に応じているから集団になってはいても、潜在的にいつもこころの中では、独りになりたい、動きまわりたい、群れを離れたいという願望が、ずっと脈うっていると思うのだ。

今回の本のためにおこなったアンケートでは、既婚者の半数以上がなんらかのかたちでこれまで家出を考えたという。しかもその率は女性のほうが高い。これは不思議といえば不思議ではある。

放浪に生きる人間たちの出現を、不安と恐れのまなざしで見る。なぜ不安と恐れを感じるのかと言えば、自分たちの生き方が否定されそうな気がするからだ。

自分のこころの中に抱いているものに火をつけられそうな気がするから、不安を覚《おぼ》え、その人間のことを頭の中で、たとえばああいうのは社会のゴミだというふうに抹殺《まっさつ》しようとするのだろう。

人間は、群れをつくるという本能もあるかもしれない。それからカップルをつくるという本能があるかもしれない。しかし同時に、本来は独りでそれぞれが生きたいという、群れを離れたい願望というのも半面あるのだ、というふうに思うところがある。

つねに群れがいることでもって、その孤独は保証されているという逆説がある。群れと孤独の関係というのは、そういうものだと思う。

孤独者は孤独者として、しばしば群れと接触するのだ。鴨長明もしょっちゅう街へ行って様子をみている。

竹林に入ってしまって、そこで獣《けもの》と一緒になって死んでしまったら、隠遁と言わない。世俗のいろんな付き合いというものと切れて生きるけれども、一方には世俗の世界があり、自分はそこと離れて生きているということで、隠遁なり、孤独なりというものが保証されている。

もしも全員が孤独者だったり、全部がばらばらに暮らしているのだったら、隠遁も孤独もない。

西行や、藤原定家、芭蕉とか、そういう人たちは当時の、ある意味でのスターだったと考えると納得がいく。そのような生き方に対して、みんなが憧れた。官職を離れ、出世の道を捨て、徘徊というか放浪、漂泊ひと筋に生きる。

本書の冒頭にも述べたが、いま、問題なのは、だれもが孤独を非常に恐れていることだ。孤独であることに不安を覚え、なにかしら絆《きずな》とか連帯感を求めている。

サッカー場にあれだけ人が集まり、みんなが渋谷の街に出る、というのも、孤独感を一瞬だけでも消えさせ、連帯感の中に自分が生きているという感覚を味わいたいための必死の思いではないのかと、何かせつない感じもしないではない。

それはそのつど孤独を一瞬、癒《いや》してくれるが、根源的に人間の孤独感を救ってくれるものでは決してない。だから、次から次へとイベントをくり返すのだろうか。

孤立と孤独はちょっと違う。孤立は、人を寄せつけない感じがする。排除するというか、まわりを切っていくというか。孤独は、来る人拒《こば》まずだが、独りでいることを悲しいとも、つらいとも思わない。「独立自尊」という言葉に近いものであろう。

ブッダは生まれてすぐ「天上天下唯我独尊」と言ったというが、これは自分が尊いということではなく、「独尊」というところに大事な点があるような気がする。人は人として、他の人に保証されなくとも、認められなくとも、おのずから自分は自分として大事なのだ。

いま、他人から承認されようとする、あるいは評価されようとする、友だちから評価されたい、まわりから評価されたい、親から認められたい、そういう気持ちが一般的に強いと思われる。絆と評価は表裏一体のものである。

あるいは有名になりたいとか、いろんなことがあるけれども、しかし認証されるというのは、じつはそれほど大事なことではないのではないか。

「千万人といえどもわれ往かん」という言葉が昔あった。

だれからも認められず、否定されたとしてもいい。

鴨長明が、飢餓の中で、愛する者を持っている人間のほうから死んだ、それは愛する者に食物を与えたからだと書いているが、そうではないこともある。

さりがたき女男《めおとこ》など持ちたるものは、その思ひまさりて、心ざし深きはかならずさきだちて死しぬ。そのゆゑは、我が身をば次になして、男にもあれ女にもあれ、いたはしく思ふかたに、たまたま乞《こ》ひ得たる物を、まづゆづるによりてなり。(『方丈記』)

鴨長明の視点は、フランクルの視点と、少し似ている。ところが、実際には、もう一人のユダヤ人のヴィーゼルの体験、もう神はいないと決めてしまったという、その現実もある。

本書でこれまで述べたように、真実というものは、右か左か、白か黒かではない。つねにフラジャイルな、こわれやすい、もろい、はかないものであり、動的なものである。きのうの真実が、きょうの真実であるとは限らないし、この人にとっての愛が、あの人にとっての愛かどうかはわからない。

親鸞はその思想さえも揺れ動いて、動的に動きながら、しかも、右や左へ行くヨットのように、ある方向へ向けての軸は変わらなかった。スイングしながら生きたというふうに捉える。

たとえば、腸内の常在菌を、善玉菌と悪玉菌に分けて、善玉菌を増やして、と言うが、いまの考えでは、そのどちらにも属さない日和見菌《ひよりみ》がたくさんいて、そのときそのときの状況でどっちにでもくっつく、というような見方がある。

「生命とは動的平衡《へいこう》にある流れである」というのは福岡伸一さんの概念であるが、変わる、移る、動く、そのときそのときのことで動いていくものであるというふうに理解する。

良い悪いではないのである。

親鸞が言っていることは、たとえば、アウシュヴィッツ収容所に配属されて、人を殺せと言われたら殺したかもしれなかった人が、福祉施設で働いていたら一生を子供のために尽くしていたかもしれないということである。

悪人であるか、善人であるかという問題ではない。人はその機に応じて阿弥陀《あみだ》に救われる可能性がある。人間を可変的に捉えているのだ。

多少、躊躇《ちゅうちょ》する、あるいは手心《てごころ》を加えるという変化があったとしても、本来人は何をやるかわからない。だから、善い人、悪い人に分けてはならない、ということを言っているのである。

大衆は分けたがる。だから、真理というのは、人気がないのである。いろんな言説があっても、断定してしまう論が一般に好まれる。

わかりやすく二つに分けてしまって、孤独が良い、孤独は悪い、という分け方でなく、真理というものは不透明で、一種、動揺している。

つねに動く。時代によっても動く。状況によっても動く。けれども、動くものだという「真理」は貫いている。

人間は動くというのが本質である。

独りで、いつも動いていかなければ、私たちは生きながらえていけない。

そう思うのである。

孤独の力

これまで述べてきたように、たくさんの人びとが、社会の拘束《こうそく》や、絆《きずな》を断って、放浪の旅に出た。あるいは出家《しゅっけ》とか遁世《とんせい》などの現象があった。

人には、そうした人への憧《あこが》れというものがこころの奥底にある。

一方に連帯の中で生きた人間に対する共感があり、また一方では、絆を断って孤独の中に生きた人間に対する憧れも、私たちにはある。

いま、世相はどうなのかと考えると、冒頭で述べたように、孤立することをできるだけ避けたいという、そうした風潮ばかりがある。

私は、「時機相応の思想」というものをいつも考える。「時機」というのは、その時代とその時ということなのだが、いまの時代にはこうなのだ、と考える。

考え方も定住をしないのだ。永遠の確立した思想というのもあるのかもしれないが、そのときそのとき、時代の状況・流れの中で変わってくると思う。

そんな非定住的思考で見れば、現代は、孤独に耐える力、孤独の持っている大事なこと、そういうものが非常に希薄《きはく》になり、人びとが孤独に弱くなって、孤独は悪であり、人間としての寂《さび》しい道であるというふうに考える風潮ばかりが強くなってきている。

戦争前や戦時中のような、一種の国民的一体感というか、全体の中の一部であることの歓《よろこ》び、そういう感覚をいま求めているような気がしてならないのである。

こういうときに、むしろ自分自身で意識的に孤独の意味を考え、孤独の持っている力というものを養っていく。いまはそういうことが大切な時代なのではなかろうかと思う。

たとえば、自分から社会の枠から外れることが、孤独への、一つの大きな道というか、方法である。

しかし、「社会の枠から外れる」という生き方は非常に不都合であるし生きづらい。

中世、十五世紀に生きた蓮如《れんによ》は毀誉褒貶《きよほうへん》の多い人で、どちらかというと悪口を言われることが常である。しかし、蓮如は日本に念仏というものを広く根づかせたという、歴史的に大きな仕事を成し遂げた人だ。

この蓮如が「額に王法《おうぼう》、こころ（内心：原文）に仏法《ぶっぽう》」と述べている。世間の秩序とか国法《こくほう》とか、そういうものに対して徹底《てってい》的に逆らって一揆《いっき》を起こすようなことは避けなければいけない。逆に、こころの中で、いちばん大事なのはこういうものであるという、信心というか、信念というものを持ちながらも、社会の中ではそれを表に直接表さない……これは二重生活の仕方であり、ある意味ではダブルスパイみたいな生き方なのだが。

しかしこうした生き方は実際にはよくあると思う。目的のために「社会を離脱せよ」とか「家庭を離れよ」とか「友人を捨てよ」とか、そういうことだけを言うのではなくて、それなりにちゃんと暮らしつつ、こころの片隅に、孤独の力というものを、じっと、ひそかに、養いつづけている人。

思想、あるいは信念というものが生まれてくるのは、つねに、二者択一を迫られたときに、両者を否定するのではなく、また両者を融合させるのでもなく、それぞれの違ったものを同時に、二重に、内部に共存させるという。いちばん難しい道によってであるのだ。「連帯を求めて孤立を恐れず」という言葉が、かつて学生時代に言われた。その意味は非常に深いところがある。

私たちは、多くの人びとに笑顔で接しつつ、一方で孤独の力というものをちゃんと認め、その中で孤独でいる。そういう生き方こそ、もっとも現代的な生き方ではなかろうかと思うのである。

「二者択一」、勝つか負けるか、敵か味方か、という考え方は、つきつめればやがて特攻思想にも辿《たど》りつきかねない。人間のこころは二重構造を持っているという考え方こそ、「思想」という名に値するのではないかという気がしてならない。

目的を持って生きるべきか、目的を持たずに生きるべきか、というような、二者択一の思想は、敵か味方か、というふうに、ものごとを単純に分けてしまうだけではなく、人間の実際の生き方と縁遠いものだという気がするのである。

たとえば、移動放浪の気持ちというものを大切にするということは、定住しつつ移動する、ということだ。それでも自由なこころを失わない。

移動放浪する人たちの中にも、一方でまた、定住への非常に深い憧れがある。憧れがあるからこそ、移動放浪する人びとが残した言葉や文学作品、俳句とか和歌には寂しさがある。

放浪は寂しいことなのだ。寂しいことだけど、歓びがある。

定住する人には、定住することの寂しさがある。定住することの歓びというものもある。

そのどちらに軸足《じくあし》を置くかで、その人の生き方が分かれてゆくわけだけれども、孤独のこころを、定住しても失わないということが、私はすごく大事な生き方のような気がしている。

つまり、人と一緒に行動しながら、すべての面で人と和すわけではないということだ。

そう言うと、なんとなく中途半端だと思われるかもしれないが、現実の生活というのはそうしたものだと思う。笑顔をつくっているけれども、こころの中では寂しい。それが現実なのである。

生きるか、死ぬか。そのどちらか、ということではない。生きるということは死を見つめながら生きることであり、死ぬということは生きているからこそできることなのである。

なんでも二つに分けてしまうのは、きっぱりした生き方と見えるかもしれないが、私は、もっとこんがらがった生き方のほうが大事だと思う。

結婚する人もいる。結婚しない人もいる。子供をつくる人もいるし、つくらない人もいる。会社に勤める人もいる。自由業の人もいる。反体制の人もいれば、体制をつくっていく人もいる。人の世は、さまざまだ。

さまざまだが、本書で述べた歴史的人物のように、人間は独《ひと》りで生まれ独りで死んでいくのだという、孤独というものをちゃんと見つめる気持ちがあれば、それにささえられるものは決して少なくないだろうという気がする。

付　『方丈記』と鴨長明

対談　堀田善衞

堀田善衞（ほった・よしえ）
作家。一九一八（大正七）年富山県生まれ。著書に『広場の孤独』（芥川賞）、『方丈記私記』（毎日出版文化賞）、『ゴヤ』（大佛次郎賞）、『ミシェル城館の人』（和辻哲郎文化賞）、『橋上幻像』、『インドで考えたこと』、『堀田善衞全集』ほかがある。日本芸術院賞を受賞。一九九八（平成十）年逝去。

長明の得体の知れなさ

五木　僕は、『方丈記《ほうじょうき》』（一二一二）が好きというよりも、作者の鴨長明《かものちょうめい》（一一五五―一二一六）という人のほうにより興味があるのです。

どうも得体の知れない人ですね。鴨長明に興味を持ちだしたのは、もちろん学生の頃にも国語の時間に少しは授業を受け、読まされましたが、そっちのほうは全然頭に残っていなくて、三十を過ぎてから堀田さんの『方丈記私記』に出会い、それを読んだのがじつはきっかけだったのです。

こういう入り方は邪道かもしれませんが、『方丈記私記』は大変面白くて、うん、それじゃひとつ『方丈記』というものを読み返してみようかな、と。そうすると、読めば読むほど、作品の面白さはそれとして、これを書いたのは、いったいどういう男だろうと、得体の知れなさと同時に、底知れぬ興味を感じました。

それから、この鴨長明が生きていた中世という時代に、まあ、言ってみれば、俗っぽい興味をずっと持ちつづけているのです。これが僕の関心のありかなんです。

堀田　まあ、言ってみれば俗っぽい人だからね、鴨長明という人は。それに、あの頃の連中の一人としては、かなり皮肉もあるし、かなりユーモアもあるのじゃないですか。

五木　ユーモアが？

堀田　ええ、かなり高度なユーモアがあって、『方丈記』そのものにしても、大変なことが書いてあるのだけど、どこかにある種のユーモアがあるというか、あるいは斜に構えたというか、何かそういうところがちょっとあるんですね。

五木　なるほど。『方丈記』がまた最近になって読まれだしたという事情もそのあたりかもしれませんね。ということは、どうなんでしょう、堀田さんの『方丈記私記』は、『方丈記』の世界と戦争との関係があぶりだされていて、それに、堀田さんの私的な体験が重ね合わされて書かれているような気がするのです。これまで、どちらかというと『方丈記』を政治、権力などとは切り離して読む読まれ方が多かったような気もしますし、それから『方丈記』の内容自体も、天災とか地異とか病気とか、そういったものは詳しく描写されているけど、あまりポリティック（政治・社会的）に関しては触れていない。

にもかかわらず、堀田さんはそこを大変強引にというか、自然にというか、政治の一つの行き着く極《きわ》みである戦争というものと結びつけてお書きになった。その中には当然天皇制の問題も出てくる。そこが僕には非常に面白くて、『方丈記私記』に触発されて『方丈記』を読み、いろいろとうなずくところがあったのです。

なかなかこれは一筋縄ではいかない書なのですね。わずか、原稿用紙にすると三十枚位という短い文章で、しかも、そんなに難しいことを書いてるわけではないのに、いろいろ得体の知れないところがある。そして、その作者もどうも得体が知れない。その得体の知れないところに興味があるというのが僕の興味のあるところなんです。

堀田さんからご覧になって、いま、シニックなところもあるし、ユーモアもあるしという御指摘がありましたけれど、鴨長明の像というかイメージはどう思い描かれますでしょう。

堀田　宮廷サイドから締《し》めだされていること、これが一つの条件だろうと思うんです。しかし、本当に締めだされているのではなくて、多少の取っ掛かりもある。

五木　完全な在野の人ではないわけですね。

堀田　そうそう、つながっている。

まず、職業としては、これから神主《かんぬし》になる予定の人でしょう。ただ、なる予定になっていながらもならないんだな。しかし、神主、神社というと、いわばいまの言葉で言えば体制に取っ掛かりがないわけではない。どこかにつながりがあって、俺《おれ》でもいけるはずだがな、と思っているわけですよ。

次に、歌人としては、それほど歌がうまいとは思えないですね。定家なんかに比べたら、抽象度において非常に低いですね。まあ、藤原定家なんてのは、あれはつまり抽象的なことしか書いてないわけで、サンボリスムみたいなものですからね。だから、教養がなければ——教養といったってこの場合には昔《いにしえ》の歌、つまり万葉とか古今とか漢詩とか、そんなものですけど、その上に重ねていかなければできないようなことを、定家とかあのへんの連中はやってた。この長明もかなりそっちのほうの教養はあると思われるけど——なければ定家批判なんかはできないですからね——しかし、その教養も、もし藤原定家なんかをオーソドックスというなら、彼の場合はあまりオーソドックスでもない。

次に、宗教的には、先輩に西行《さいぎょう》がいたわけだけれども、西行は侍出身の出家《しゅっけ》だし、しかも西行ほど仏教に関して熱心でもない。

次に、学問、知識の面は、まったく知らないわけではないが、そんなに豊かではない。

次に、芸術家としての面は、彼は音楽家でもあるわけですね。

五木　ええ。大変な琵琶《びわ》の名手で、それも普通にうまいというくらいではなくて、僕の感じでは、相当イケたんじゃないか。プロのミュージシャンになることを志してもおかしくなかったのではないか。そう思わせるくらいの達人だったようですね。

堀田　そうそう、どうも相当なものだったらしいですね。しかし、それもつまり音楽の家じゃないですからね。音楽の家の親分よりも芸術的に、技術的にうまくできたとしても、自立できない時代ですから。

次々に、いろんな取っ掛かりを列挙しましたけれど、こう挙げていって言えることは、技術的にはできても、いろんな方面からいわば締めだされているということですね。そういう、いろんなところに取っ掛かりがあって、なおかつ締めだされているというのは、この人の立つ場を考える上でちょっと面白いですよね。

五木　こういう言い方はおかしいけれど、ある意味では全部中途半端なところがあるんですね。

堀田　ええ、そうですね。

五木　僕はなんとなく学生の頃は〝鴨長明ふうに〟という言葉のうちに、早くから世を捨てて山に遁世《とんせい》する聖《ひじり》のイメージを思い浮かべていたのですが、実際には彼がリタイアするのは、いい年になってからなんですね。それまではかなり俗世間と深い交渉を……。

堀田　そうそう。だから、つまり世間人じゃないでしょうか。

五木　音楽に、いわゆるお稽古《けいこ》ごと以上の情熱を燃やして熱中する。僕は詳しいことは知らないけれど、その仲間たちと集まって琵琶を弾《ひ》いたり酒を飲んだりしている時に、興《きょう》に乗って例の啄木とか流泉とかいう弾物を弾いちゃって、そのことで叱られてお咎《とが》めを受けて、いろいろ弁解したりしますね。あのへんを見ていると、鴨長明は非常にオッチョコチョイでお調子者のようなところがある。

堀田　ええ、その通りですね。
それともう一つは、彼は変な人で、建築にものすごく詳しいですね。

五木　それは例の、「広さはわづかに方丈、高さは七尺がうち也。所を思ひ定めざるが故に、地を占めて作らず。土居《つちゐ》を組み、うちおほひを葺《ふ》きて、継目ごとにかけがねをかけたり。」というあたりにも出てますね。

堀田　うん、そうね。それと、彼は下鴨神社の関係者ですから、そういうことにわりあい詳しかったのかもしれない。ああいうものは改築したりしなきゃならないわけですからね。彼はどうも設計図なんかも自分でちゃんと引くことができたようなんですよ。

アウトローとして

五木　鴨長明は、渡来人の子孫なのでしょうか。

堀田　わかりませんね、その辺のことは僕は知らない……。

五木　京はもともと広隆寺や松尾神社を挙げるまでもなく、そういう人たちが新しい設計法とか建築とか音楽とか、いわゆる文化というものを持ちこんできた町でしょう。
ひょっとしたら——こんないい加減な話をしたら専門家に叱られるかもしれないけど、僕はなんとなく鴨長明の中に、二つか三つくらい、当時の状況にたいして違和感を持たざるをえない、それでいて本当のアウトローにはなりきれないところを見るんですよ。

一つは、日本的なものに対する一種の異和感——たとえば建築はあきらかに半島、大陸から流れてきたものですし、それから琵琶という楽器そのものが九州を経て叡山《えいざん》に入った大陸渡来の楽器であるということ。

それから、ひょっとしたら——これも乱暴な言い方で叱られそうですが——僕は鴨長明の生き方を見ていて、奥さんや子供があったかもしれないし、なかったかもしれない、それはよくわからないのですが、あの人は、いわゆるいまのアメリカで言う、「ストレート」なタイプの人ではなかったのではないか——。

たとえば、一概にゲイと言われる人、そういう体質の匂いが鴨長明にはありますね。そのこと自体は決して重要ではないのだけれど、彼の持っている一種の疎外感とか、それから何事にも広い関心を持つところとか、それでいて妙に冷徹なものの見方とか、そういうふうなところを見ていきますと、これは良い意味での、ストレートなタイプの人間ではない資質があるな、という感じが僕はするのです。

それからわりと男付き合いを大事にするでしょう。わざわざ鎌倉まで実朝《さねとも》に会いに行ったり、だれかが訪ねてきたら感激して泣いたり……。

まあ、とにかく得体の知れない不思議な人ですね。

堀田 これは学界ではどうなんですか、つまり渡来人であるという説もあることはあるんですか。

五木 いや、そんなのはないでしょう（笑）。ただ、それは当人個人の問題じゃなくて、つまり祖先の問題ですから。そう言っていけば、太古に日本での文化人と言われている人、まともな仕事をした人は、大半がそういう渡来のエリートなんだから、逆にその人たちのほうがむしろ勢威を振るっていて、元からいた人のほうが肩身が狭かったのかもしれない。

堀田 ずーっと歴史を見ていくと、支配者というものはどこの場合でも渡来人ですわね。

五木 そうでしょうね。それはラテン・アメリカを見てもわかりますもの。優れた文化と、先進的な技術を持った大陸文化の発祥地からフロントへ出てきて、そこでその土地の文化と経済を作りあげていく。

堀田 ええ、そうだと思うんです。それから、僕は日本のお祭りを見ていつも感じるのは、あれは全部外国のものじゃないかという思いが強いんですよ。

五木 京都の祇園《ぎおん》祭の、あの山車《だし》とか鉾《ほこ》とかの前垂や胴巻を見ると、ほとんどはペルシャとかアフガンの絨氈《じゅうたん》なんですよ。それから朝鮮の綴だとか中国の錦《にしき》とかもありますね。あれを見ていると、ずいぶん祇園祭というのはエキゾチックな、国際見本市みたいな祭りだなあと思っていつも感嘆するのですが（笑）、まあ、大体京都は、本質的にそういう町ですよね。

堀田　そうですね。だってよく考えてみると、お祭りで、何か引っ張りだして面白いものは何か。内々のものだけならそんなもの面白くもなんともない。つまり外のものでなければ面白くない。面をかぶったりするのも、あちこちに見られますが、ああいうものはやはり南方、東南アジアじゃないですか。朝鮮なんかにも面をかぶったりすることもあるんでしょうけどね。

五木　朝鮮には面をかぶった仮面劇とか仮面舞踏とか、いろいろありますし。

いまの時代が、もし当時の中世とどこか重なる部分があって、『方丈記』にも関心を寄せているとすれば、そして、僕がなんとなく鴨長明の中にある、さっき言ったような、たとえばそれがバイセクシュアルなのかゲイなのかわからないけれど、ちょっとストレートでない資質に関心があるとすれば、そういうことなんです。

僕はこの間（一九八〇年）アメリカからブラジルを回って帰ってきたのですが、僕の見た実感として、いまの八〇年代のゲイ・パワーは、アメリカのトラック労働組合の幹部たちの多くがゲイだと僕に言っていたくらい勢力のあるものですから、無視できないものがあるとつくづく思いました。我々がストレートなものの見方の中で失ってきたものが、いま復権を要求されているのじゃないか。

日本ではかつてずっとゲイは異端だったわけでしょう。ところが最近はそうじゃなくて、政治や文化の分野で力を持ってきている。

長明は本人の中に一種の幼児性というか、お稚児《ちご》さんふうなものに対する固執があって、ナルシシズムがとても匂ってきますね。

ただ、その点にこだわる、嫌悪《けんお》するというのじゃなくて、むしろその点が面白いと僕は言いたいのです。

彼の、人間の死とか、病人とか、あるいは飢えていく人とかを見る眼差《まなざ》しの中に、非常に突き放した冷徹なものがある。その一方、現世から自分を切り離そうとしながら、絶対切り離すことができないという執着《しゅうちゃく》というか、愛着がある。その中途半端の処で宙吊りになっている状態ですね。

堀田　まあしかし、好奇心は旺盛《おうせい》ですわね。

文体とリズム

五木　そうですね。いまの若い人は『方丈記』をどういうふうに読んでいるかわからないけれど、僕なんか読んでいると、非常にリズミックに感じるんですよ。あの、リズムのある文体は、大衆的な共同体への働きかけを方向として持っている場合に強く出てくるんですね。たとえ意図的じゃないとしても。

具体的体験を言いますと、この間僕はブラジルへ行って、たまたま例の原始密教の、ブードーに似たもので、カンドンブレと、マクンバを見てきたのです。これは、ブラジルのインディオや黒人たちが、アフリカから持ってきたもの、あるいはそもそも祖先よりインディオの中に流れていたものの上に、強引にカソリックをかぶせられるハメになり、それでカソリックに従っているようなふりをしながら、じつは自分たちの秘密宗教を保ちつづけたというものなんです。これには二つの流れがあって、一つはカンドンブレで、一つはマクンバなんです。

このマクンバのほうはずいぶんみんなにも知られていて、説教師がいて説教をしたり、言葉でいろいろ言う。一方、カンドンブレのほうはまったくお説教がない。とにかく太鼓と掛け声だけのリズムです。

宗教の儀式というのは、踊りとリズムの中で、踊っているうちにだんだん憑依《ひょうい》状態になって、ついにはみんながヒステリーになっていく、そういうものですよね。つまりカンドンブレのほうはリズムによる説得・説教なんですね。

それで、おかしなことに、言葉を大事にするマクンバよりは、カンドンブレのほうがうんと大衆的な傾向を持っている。
つまり、たとえば労働のときとか踊りのときにはリズムを必要とするけど、内的な一人だけの思索にはリズムは要《い》らない。ひるがえって『方丈記』がリズムを持っているということは、かなり自分で自分をつきつめるような内容を持ちながら、実際には、説教じゃないけれど、他に対する働きかけはやはりあったのではないか。

堀田　そういう気持ちは、この『方丈記』の文章自体に十分あると思いますね。ただ『発心集』などになるとがらりと変わって、ブツブツと呟《つぶや》いているような、いわば一種のノートで、そういうリズムはまったくないですね。『方丈記』のほうは語り物みたいな節回しもあるし、かなりお化粧した部分もある……。

五木　ええ、いまで言うと広告代理店の優れた人が書く、いいコピーみたいな部分がところどころにありますでしょう。

堀田　そうそう（笑）。

五木　サントリーのコマーシャルなんかは、名コピーの連続ですからね。このコピーライターという仕事は非常に面白い存在でして、自分でクリエイティブな仕事をしていくことと、それから否応《いやおう》なくスポンサーのクライアントであるという現実を持っていますでしょう、これが宙ぶらりんな存在なんです。この間も資生堂のCMなどを作っていた非常に優れた人が亡くなりましたが、その人のことを書いた本がベストセラーになったりしているのです。主を持っていながら、その中にアーチストとしての才能を生かしていかなければいけないという、難しい立場にあるのが広告のコピーを書く人たちなんですね、きょうは日産、明日はトヨタ、というふうに……。

ときどき鴨長明がもし生きてたら、どんなことをやってたのかなと思うことがあるんですけど、ロックのグループを率いて宇崎竜童みたいにやってたのか、コピーライターになってたのか……。

堀田 両方できるんじゃないですか（笑）。

五木 ええ、全部やれたと思います。

堀田 僕も全部やれたと思いますね。コピーライターといえば、日本の現代詩の詩人たちの中にはコピーライターが多いですよ。たとえば、化粧品会社にいた山之口貘《やまのくちばく》さん、あの人もコピーライターですよ。

五木 広告代理店なんかにいらした方、ずいぶんいらっしゃいますね。

堀田 それから僕の知ってる人では十返肇《とがえりはじめ》が製菓業です。彼は会社でコピーライターをやっていました。

だから、みんなやってることはそう違わないんじゃないですか。

五木　さっき『方丈記』は短いという話をしましたが、たしかに短いけれどコピーとしては磨きぬかれたコピーですね。コピーというものは、これは完全に他者を説得するためのものですし、それから彼が見てる目というのは、まあ、ジャーナリストという言い方はおかしいけれど、少なくとも『方丈記』に関する限りは、いい意味でのジャーナリスティックな目が強く出ている。

『方丈記私記』中で堀田さんは、例の火事になる、仮屋から出火したときの火元が病人だったか舞人だったか、ということをお書きになっていましたけど。僕はやはりあれは堀田さんがお書きになったように、京都には東寺デラックスなんていう有名なストリップ劇場がありますから、ひょっとしたらストリッパーだったのかな、なんて思ったり（笑）、その女がシュミーズか何か着て、パタパタと七輪か何かでサンマでも焼いていたのが火を出したんじゃないかなんて考えたりもしたのです。これは冗談ですが。何か『方丈記』の中には、そういう我々の生臭い想像力を刺激するものがたくさんあって、重ね読みできるところが面白いと思います。

長明の叫び

堀田　そうですね。最初にありましたが、いままでは、政治の反映としての『方丈記』の読みというものはあまり問題になったことはないと思うけど、かなりな政治の反映というものが、まったく短い文章の中にもきちっと出ていると思われるふしがずいぶんありますわね。たとえば「古京はすでに荒れて、新都はいまだならず……」とかの条だけじゃなくてね。

あの頃は、それはひどい時代ですからね。ひでえ時代であって同時に、和歌中心に文化の抽象度を高めていったという点では、ものすごく素晴らしい時代でもありますわね。

五木　ええ、中世というのはじつに魅力的な時代ですね。

堀田　すごい時代ですよ。しかし、戦乱の度合が深かったからあれだけの抽象性の高さを持ちえたということは、必ずしも僕は言えないと思うのです。だって、戦乱の大変さなんてものはヨーロッパだって同じであって、しかしあの中世時代のヨーロッパの文学、あるいは詩にしてもなんにしても、あの頃の日本の、京の達成していたものと比べたら問題にならないですよ。

それでは、その抽象度の高さは、いったい何によるか。一つには『源氏物語』という大変なものがあって、あれが非常な重しになっていたのではないか。つまり、すべてではないにしても、『源氏物語』から相当なものが流れだしたということ。そして、歌でもなんでも、『源氏物語』の水準にまで達しないと認められないということがあった。

そのことは言い換えれば、あの頃の京としては、あの『源氏物語』は大変な負担だったのではないか。つまり、水準としてすでに『源氏物語』が存在してしまわれたら、これは困ると思うのですよ。大変困る。

五木 長明の日野への移住が、たとえばスペイン市民戦争のときに、カザルスとかいろんな芸術家たちが国外へ出ていった、そういう亡命とはちょっと違いますね。長明が山に入っちゃうということは……。

堀田 ええ、亡命じゃないですね。

五木 亡命は、いつか帰ろうという意思があるけれど、長明は、ない。かといってなんとなく折り畳み式の琴《こと》を、をり琴、つぎ琵琶《びわ》など持ちこんだり、ふっきれてない。

堀田 そうそう(笑)。

五木 ただ、ふっきれちゃった人と、ふっきれてない人とどっちが面白いかなと思って読むと、僕なんかはやはり鴨長明という人間のそういう徹底しないところ、それから俗っぽさ、それでいながらときどきピカッとしたことを言ったり書いたりする、そのへんにやはり興味があります。

堀田 それはつまりこういうことですね。『方丈記』の文章に見る限りは、山に籠《こも》るとか、隠れるとか、隠者《いんじゃ》だとか言っても、「俺はここにいるぞ！」という叫び声のほうがでかいんじゃないですかね。ここにいて京の方をちゃんと見てるぞ、という叫び声のほうが大きいように思いますよ、僕は。

五木 堀田さんはスペインにいらしたというのは、これも鴨長明風じゃないんですか。

堀田 さあ、それはどうかわかりませんね（笑）。

五木 最初に長期にいらしたのは、おいくつのときでしたっけ。

堀田 最初に行ったのは、たしか一九六二年でしたか……。

五木 いまはとてもじゃないけど、日本ではどこにいようが、文化生活とかテレビから逃《のが》れられないわけでして、ニューヨークやパリではなくてスペインの田舎などは、いささか遁世という感じもしないではないのですが……。

堀田 いや、もうそろそろ遁世ですから（笑）。

いつか富士正晴《ふじまさはる》君と話していたときに、富士君が僕に向かって「君みたいに方々すっとんで歩くやつが現代の隠者なんだ」なんて言ってましたけどね。

五木 ああ、そう言ってましたね、「市井《しせい》に隠れるんだ、山に隠れるんじゃない」と。この間富士さんをちょっとお訪ねしたときに、やっぱり思った通りに竹藪《たけやぶ》がある、イメージ通りのお宅に、コタツを前にセーター着て坐っておられたけれど(笑)、いわゆるジャーナリズムとかそういうものからちょっと距離を置いて暮らしておられても、現世的なものに対する興味とか好奇心というのは、ものすごいものがありますね、あの富士さんにしても。

堀田 そうでしょう、そうだと思いますね。それに長明自身、この『方丈記』に表された限りでも、日野山から何べんでも出ていっていますわね。何かあると都へ行ったりなんかしているけれど、穿《うが》って言えば、これは「俺はまだ生きてるぞ」というデモンストレーションじゃないですかね。だから隠れること自体、俺はまだいるぞ、というデモのうちだと思いますよ。

五木 一時期フォークソング運動の教祖的存在だった岡林信康が、いわゆる反戦フォークの挫折の後、山の中に引っこみましたよね。それで農業をしながらときたま山を下りてくるという感じ、ですね。最近はまた完全に下りてきちゃいましたね。

ただ、なんとなくいまの時代は、あるエネルギーを持った人間たちに、一時期ヒュッとそこからエスケープしたい、あるいはリタイアしたいという気持ちを起こさせる時代であることは、間違いないような気がしますね。そのへんも中世の時代と重なる点かもしれません。

堀田 ええ、それは間違いないですね。

付き合いにくい男

五木　むしろ僕は『方丈記』以後の鴨長明というよりは、『方丈記』以前の、とくに二十代、三十代頃の長明というのは、どんな男だったのだろうなというあたりに非常に興味があるのですが。

堀田　いや、おそらく付き合いにくい人だったろうと思いますよ。非常に付き合いやすくて、同時に本当はものすごく付き合いにくいという感じじゃないでしょうかね。

彼が死んだのはいくつぐらいでしたか。

五木　一二一六年、六十二歳です。かなり生きてますね。これはやはり長命ですよ、当時としては。ですから「人生五十年」と言った当時にしてみると、彼が山に入ったときは、いまのいわゆるもうおじいさんですよね。その前にさんざんやりたいことはいろいろやっている。

堀田　あの頃は、命長くないという気持ちはしょっちゅうあったでしょうからね。何も戦争とか火事、地震、あるいは飢饉《ききん》なんかで飢え死しなくても長くないという気持ちは、しょっちゅうあったと思いますよ。

しかし、変なやつが長生きするんだな。藤原定家なんていうのは、八十ぐらいまで生きたでしょう。これは余計な話ですが、例の冷泉《れいぜい》家の御文庫、ああいうものが出てくると何か困ったことが起こりますか。たとえばいままでの学問的推定で訂正しなければならないものが出てくるというような。一等資料が出てきて嬉しいという人がいる反面、迷惑千万なんていう人もいるんじゃないかな（笑）。いや、これは、資料と、想像力との関わりをふと考えたものですから。

五木　それに、一級資料とかいうけど、本人の書いたものっていうのは信用できないですから（笑）。

フィクションとして

五木　自分で書いていることを、本当にそうだったのかなあと後でふり返ってみると、昔のことを思い出していろんなことを喋《しゃべ》ったりしている中で、人から聞いた話が自分の体験のようになっていたり、話の起承転結をいつのまにかつけてしまって、くり返し話しているうちにうまく話ができてたりすることがいっぱいありますからね。ですから、聞き書きとか本人の手記なんていうのは、これはむしろ当てにはならないのじゃないか。

それから記録も、これもいいかげんなものでしてね。「記されていないもの」というものの重要性があるのです。たとえば『方丈記』でも、持っていったものは和歌・管絃《かんげん》・『往生要集《おうじょうようしゅう》』の抄物とか楽譜とか折り畳み式の琴とか、いろいろ書いていますけれども。だけど、あれはやはり都合の悪いものは書いてないだろうと思うのですよ。もっと日常的なものとかいろいろなものがあったのでしょうが、相当そぎ落として、文章の響きのいい言葉を残したのだと思います。僕は、すべてがフィクションだ、という考えですから。

ただ、このものは残そう、これはカットしよう、という心の動きは本物ですから、そういう意味では、書かれたものが一部カットされ再構成されたものであったとしても、それは真実である。しかし、イコール事実じゃないから、それだけをもとにしていろいろ論じてもしょうがないんじゃないかという気もしないではありません。

たとえば最近ニュージャーナリズムというものが出てきて、ものすごく事実に細密に肉迫すると謳《うた》われているのですが、あれはやはり一つの表現のテクニック、スタイルなのであって、僕の見るところでは、現実にあったことを、自分の目で見て、文章に書き写すという翻訳の時点で、もうすでに一つのフィクション化がなされている、選択が働いていると思います。

堀田　ものを考えるということ自体、フィクション、仮説というつっかい棒がなかったら、もう人間何も考えられない。まったく考えられないですからね。

五木　見るということ自体、どれを見るかという選択が働いているでしょう。長明があそこに書いていること以外に、いろんなことが、もっとたくさんのことが、実際にはあっただろう。しかし、彼はその中であれだけを選びだして自分で見た。その〝見た男〟長明はあそこに出ているけど、その見た男が存在した状況そのものは、ただあれをもとにしていろいろ推定しても難しいんじゃないか。むしろ非常に自由に空想するほうが楽しいのじゃないですかね。

堀田　それはそうだと思いますよ。デカルトの『方法序説』にしたって、ものを考えるのにはこの方法がよろしいという、ものすごく美しい仮説――フィクションですからね。非常に美しい仮説、フィクションを彼は構成した、それはデカルトのものであって、彼自身にとっては真実であったわけだ。だれもあの方法を使ってものを考えるなんてことはできない。

ただ、その〝美しさ〟と、それからデカルトにとっての〝真実性〟というものをはずして、そしてある程度一般化してカルテージアンというものの考え方の方向をでっちあげることはできますわね。

長明的思考

堀田　それと長明でもう一つ面白いのは、定家なんかがやっていた幽玄調というか、ああいう歌の作り方——古今集と新古今集の時代間は三百年くらいあるわけですが、その三百年前の言葉を使って歌を作れという、現在の言葉ではやっちゃいかんという——歌論というものを鴨長明はひどく皮肉っているのですよ。そこのところは宮廷べったりの人ではとうていできないことだと思う。あのへんはやはり非常に面白いと思いますね。

国文学をやっている人たちが、あのときに幽玄体というものを皮肉った人がいたという事実に、あまり何も言及しないのは変だと思うのですよ。あのときそういう歌論が絶対であったことは、宮廷にとっては確かですが、あいつらがやってることは本当はたいしたことじゃないんだ、現在の言葉でものを考えることのほうがずっと難しいんだ、三百年前の昔の言葉で歌を作るなんてことは本当は簡単なことだ、そういうことを言いぬいた人を、しかと、位置づけない、取り上げないのは、不充分じゃないかという気がしてるのですよ。

五木　やはり、古典にしても、それから古典の作者にしても、その時代時代で関心の寄せられ方が違いますね、光の当たり方も違う。

一九七〇年から八〇年という時代に生きているいまの日本人が、長明のどういうところに、あるいは『方丈記』のどういうところに惹《ひ》かれるのかというのが、僕がいまとても関心を持っているところなんです。

堀田　それは五木さんがやってくれなきゃ（笑）。

五木　いえいえ、僕はむしろ野次馬で、人がやってるのを見て喜ぶほうですからなんとも言いようがないのですが、一時、〝ヒッピー〟の運動というのがありましたね。自然に生きる、と言って、庵《いおり》とまではいかないけれど、自分たちで手造りの家を建てて、マリファナなんかを栽培してそれを心静かに吸い、ギターをつま弾いて、歌を歌う――アメリカで起きたそんな生活を夢みる。

そういう一種の社会から脱出していく流行が挫折《ざせつ》して――挫折というと深刻でおかしいけれど、ユートピア幻想は、ヒッピーの生活の中にもないんだと悟った。すると、日本ではまた今度は〝シティボーイ〟なんていう流行語が出てきて、都市生活者のノウハウというか、たとえば最近では若い人たちがよく手に持っている『ぴあ』という雑誌、そこにはいろんな情報が満載してあって、「俺たちゃ町には住めないからに」といったような連中が、いま町に生きようとしている。

しかし彼らは積極的にその都市に生きようとしているわけではない。さっき言ったように郊外に遁世すると言ったってなかなかできない、だったら日活のポルノを見たり、あるいはコンサートを聴きに行ったりしようじゃないか。露路の入り組んだビルの谷間にも何かいろいろなものがあるんだ。そういうかたちで、市井に逆流して隠遁するというか、身をくらませるというか、そういう気分がわりあいいまの若い学生たちにはあるようですね。韜晦《とうかい》趣味と言いますか……。郊外へ出ていって、というんじゃなくて、町の雑踏の中にもぐりこんでいって、ライブハウスなんかの片隅にいる、自分が一種の〝行動する人〟じゃなくて〝見る人〟として都市に生きているという、ちょっと遁世風な味わいを愉《たの》しんで生きているような部分があるんじゃないでしょうか。

　だからとうていいまの時代には、これは鴨長明の時代だってそうだと思いますが、先ほどおっしゃっていたように「俺はここにいるんだぞ」と叫んでいるのと同じで、どこへ行ったって逃げられるもんじゃない。むしろテレビ局のまっ只中で仕事をしている人、あるいはルポライターで活躍している人、ファッションの業界で風俗を創っている人、案外そういう人の中に鴨長明的な思考を持った人たちがいないとも限らない。

堀田　しかし、この『方丈記』の驚くべき特徴は、やっぱりその短さですね。あれ、四百字にして三十枚弱じゃないですか。これは驚くべき短さですよ。それでいわば全時代を把握できたということは、これは驚くべき話です。三十枚たらずと言えば新聞の一面くらいじゃないでしょうか。

五木　いや、週刊誌の対談の一回分ですよ、二十枚ぐらいから三十枚ですから。それこそいまの流行作家でしたら、三、四時間で書きあげてしまう分量でしょう。

堀田　僕は現物は見たことがないのだけど、京都のお寺にあるのを写真版で見ると、あれは漢字交じりの片仮名ですわね。しかし、あの筆致を見るとそんなに長いことかかって書いたものじゃないな。

五木　なるほど。

堀田　しかし、よく残ったもんだ。神主になりそこなった人の書いたものなんていうのは、残ったほうが不思議じゃないですかね。

書かれなかったものに意味がある

五木　長明がこの『方丈記』という二十何枚かの中にその時代を映すと言えば——これはあまり大摑《おおづか》みに映しているのではなくて、わりに具体的に書いていますが——彼がずいぶんその中でカットした部分があると思うのですよ。

堀田　ええ、選択はずいぶんしていますね。

五木　ですから、彼が生きた時代で彼が書かなかった部分、いわば『方丈記』の逆の位相を持った部分というのはどんなものだったのだろうか。彼が書いたものを仮に陽の部分だとすると、彼がそこで書かずに落としていった部分、見ようとしなかった部分、それがまたものすごく巨大だろうことを、この短さは逆に感じさせるんです。

堀田　ええ、そうなんです。そして、落としたものの中でいちばんでかい事件というのは、木曽義仲《きそよしなか》の侵入だろうと思うんですよ。木曽義仲は木曽から京へなだれこんできたわけだけど、おそらくあの人は言葉も全然通じなかったと思うんだな。木曽義仲という人は非常に魅力のある人だけど、言葉は全然通じないし、西行なんていうのは「木曽と申す武者、死に侍りけりな」なんて言って突き離し、じつに冷淡限りない。

しかしあれは大変な大事件ではあったんですよ。匪賊《ひぞく》みたいのが殴りこんできて、ある期間京都の占領者になったわけですから。しかし、そんな人も宮廷は付き合っていかなければならない。まあ、宮廷はなんにでも付き合いますけどね。ある程度の付き合いを持たなければやっていけない。しかし話も通じないというのは前代未聞の大事件だったはずですよ。それは彼は全然書いてませんね。それはバッサリ落としてしまっている。つまり、これは外国が攻めこんできたのと同じですからね。

それからもう一つは、義仲の生まれたあたりは京へ材木を供給する所でしょう。ですから京とのかすかな行き来、あるいは取引はあったはずなので、木曽義仲は、いつかはあの都へ殴りこんでいって、あそこの女どもを全部やっつけてやろうと、虎視眈眈《こしたんたん》と狙っていたと思うのですよ。だからあれは一種のバルバール——蛮族《ばんぞく》の侵入であって、いわばかつて蒙古《もうこ》がウィーンへ行ったようなものじゃないですか。そういうことはいくらでもあって、蒙古がアビニヨンの近くまで行ったこともありますわね。

五木　そういうことというのは、意外に地元の人は書きたがらないのじゃないでしょうか。

堀田　そうかもしれない。

五木　僕はこのあいだ調べていて気がついたのだけど、ナポレオンとロシア側が戦ったときには、ロシアの軍隊がナポレオン軍を追いかけてパリまで入っているのですね。ですから、もしもパリに「市史」というものがあったら特記されるでしょうね。あの町もヒットラーが入ってきたり、しょっちゅういろんな連中が入ってきてるけれど、しかしロシアの軍隊が入ってきたとは思わなかったなあ。

堀田　しかし、ロシアの軍隊がパリに入っていったときには、ロシアの軍隊そのものがまったくパリ化して入っていったらしいよ。

五木　なるほど。いわゆる洗練されて入っていったわけですか。

堀田　そうそう、その過程で非常に洗練されちゃってね、つまり、これなら歓迎されるという格好をとって入っていったらしい。

五木 そうですか。しかし僕らのいた平壌なんていう町は、敗戦になってソ連軍が入場してくるというときには、武装解除してそれを迎えるほうの日本軍は、ありとあらゆる器材の中からいちばん良いものを装備して、全員まっさらの軍服を着て迎えたけれど、向こうから入ってきた連中は、ボロボロの脚半《きやはん》、裸足《すあし》、頭は丸坊主という格好で入ってきた。ずいぶん違ったものですね。

堀田 僕は蒙古のことをちょっと調べていて、アビニヨンまで行ったというのは、これはずいぶん行ったもんだなと思いましたね。それと、アラブはフランスのポワチエまで行ってますでしょう。ポワチエとアビニヨンというのは大体北と南で、一線なんですよ。だから、アラブと蒙古がもし手を結んでいたら、どんなことになったのかななんて考えましたけれどね。

五木 やはり『方丈記』というのは、その背後に彼がわざと書かなかった、言わなかった部分の巨大な闇を連想させるところがあって、その闇にちらちらと投げられた懐中電灯の光のような、あるいはフラッシュのような気がするのですね。

しかし、その背後にある、むしろそこに書かれてないものの巨大さをこの三十枚弱という文章は感じさせるからこそいままで生き残ったのだろうし、僕らにまだ謎めいた興味を起こさせるのだろうと思います。

堀田　もう一つ、あの頃のことで書いてないものは、〝地獄幻想〟だと思いますね。あの頃の地獄のイメージが人びとに与える迫力、あるいはプレッシャーは、大変なものだったと思いますよ。餓飢草紙とか地獄絵図とか、そういうものはあの頃はものすごいプレッシャーを上から下まで与えていたはずだけど、それは完全に外しましたね。

だから逆に、彼がリストアウトしたものを一つずつ挙げていってみると、面白いものが出てくるかもしれない。

五木　それと中世には、たとえば疫病とか天災、飢え、そういうものの中でも、大衆のあいだでの享楽《きようらく》地帯とか、商業消費的な巷《ちまた》というのはあるんですね、民衆が困っているときは闇屋が儲《もう》かるわけで……。

だから、さっきの舞人の話じゃありませんが、刹那《せつな》的であるがゆえに、逆に大戦前のヨーロッパのように享楽的な部分が、民衆のあいだであったと思うのですが、そのへんのことが書かれてないのは残念で、どんなふうだったんだろうなと想像をかきたてるところがありますね。

その原因は鴨長明自身が、どちらかというと視線が高かった部分もあるんじゃないでしょうか。

堀田　それはあると思いますね。つまり、ジャーナリストとしては、政治部の人だったんじゃないでしょうか。社会部の人であるように見えますけど、実際には、かなり自分としては政治部だと思っていたのじゃないですかね。

五木　一般には学芸部の記者という感じで見られていますけれど。

堀田　ええ、学芸部あるいは社会部の記者というふうに見えますけど、自分のつもりでは政治部じゃないですかね。

五木　そうかもしれませんね。政治部の記者の書くものというのは、いつも高所から、自分たちが大臣と同じレベルに位置しているような筆致が、書くものの文体の感触にありますから。

堀田　そうそう。ですから、かなり社会部的ディテールは入れてはいますけど、自分のつもりとしては、そうじゃなかったと思うな。

長明と現代

五木　これは実際はどうだったんでしょうか、江戸時代とか明治時代に、たとえば鴨長明の書かれたものや何かの受容というか、あるいは「長明人気」と言ったらおかしいけれど、そういうものはあったのでしょうか。

堀田　やはりあっただろうと思いますよ。日野山に長明なんとかという石碑が立っていますけど、あれは江戸時代ですからね。
　それから、これは本当かどうかは知りませんが、そこに彼の方丈のプレハブの家があったと言うんですよ。ですから、一ぺんおいでになるといいですよ、非常にいい所です。
五木　そうですか、一度行ってみましょう。
堀田　それで、彼のプレハブの家があったという所のすぐ下が親鸞《しんらん》の生まれた所なんですよ。彼と親鸞とは直接関係はないわけですが、しかしそこへ行ってみますと、親鸞と鴨長明というものが重なって見えてきて、何か日本の歴史の有様、イメージが、なんとなくできてくるように思うのですよ。
　あの頃は僕もまだまだ若かったせいもありますけど、定家を中心にして鴨長明と親鸞、日蓮まで下っていくところを書けば、これは日本の歴史、「ただ心においてのみのごとし」じゃないかと思ったこともありますけどね。
五木　鴨長明について、京都の作家が書いたものを読んだことがありますけど、長明は割合、小説にはならない人みたいですね。
堀田　いや、ならないですよ。そりゃ、ジャーナリストは主人公にはなりませんよ（笑）。
五木　僕はなんとなく、若き日の仲間と集まって秘曲などをつい興に乗って弾いちゃうあたりの鴨長明を、空想で書いてみたいなという気持ちはありますけど。

堀田　ええ、いいですね。

親鸞は、僕の考えではたった一人の革命家だろうと思いますね。本当の意味での、たった一人の革命家でしょう。生涯の送り方も非常に革命家にふさわしい。つまり、流罪《るざい》になって初めて彼は、宗教というものは学問や学識ではないということを知るわけだけど、それだけでも充分革命家としての要素を備えていると思いますね。その前には師匠の法然《ほうねん》とかいう人もいますが……。

五木　しかし、面白いものですね。こんなふうに筆で紙に書いた何十枚かのものが、ピラミッドでさえ半分壊れかけているのに残ってしまうわけですから、文章というものは不思議なものだ。

活字の時代になって、ものすごくたくさんのものを僕らが生産しては消費しているわけだけれど、いささかの反省を交えて言えば、長明が書かなかった部分を大量に、何万枚とかいうふうに書いてみたいという気も、ないではありません。

堀田　本当ですね。

（対談初出――「國文學　解釈と教材の研究」學燈社、一九八〇年九月号）

あとがきにかえて

世の中には、当然のように良くないものとして扱われているものが意外に多い。孤独、というのも、その一つだ。孤独はつらい、悲惨である、できるだけ避けたいものというようなイメージがある。

だが、はたしてそうだろうか。

私は時代と環境のせいで、幼年期から自然に孤独の中で育ってきた。そのことについては、この本の中でさまざまなエピソードを紹介している。

現在、自分の生涯をふり返ってみて、孤独というのは、そう悪いものではない、と感じるようになってきた。

これまでこのテーマで、書いたり、しゃべったり、インタヴューに答えたり、さまざまな形式で表現してきた。それをあらためて語りおろしのかたちでまとめたのが、この一冊である。

いつものことながら、イメージが湧くままにテーマが飛躍したり、まったく別な要素に転調したりする。それを整理し、構成して、一貫した主題を浮きぼりにしてくれたのは、編集部の手腕である。東京書籍編集部で長く私の著作を担当してくれている小島岳彦氏をはじめ、各部門の皆さん、そしてＡＤの片岡忠彦さん、また作中にお名前をださせて頂いた方々にも厚くお礼を申し上げたい。

また、巻末の対談の収録を快く承諾してくださった堀田善衞氏の御関係者の方にも感謝する。

孤独に生きる人びとに、この一冊が多少でも支えになりますように。

二〇一四年八月

五木寛之

五木寛之（いつき・ひろゆき）
1932（昭和7）年9月福岡県に生まれる。生後まもなく朝鮮半島にわたり47年引揚げ。PR誌編集者、作詞家、ルポライターなどを経て、66年「さらば モスクワ愚連隊」で第6回小説現代新人賞、67年「蒼ざめた馬を見よ」で第56回直木賞、76年『青春の門　筑豊篇』ほかで第10回吉川英治文学賞を受賞。著書には『朱鷺の墓』、『戒厳令の夜』、『生きるヒント』、『大河の一滴』、『他力』、『天命』、『人間の関係』、『人間の運命』、『下山の思想』、『選ぶ力』、『無力』、『親鸞（上・下）』、『親鸞　激動篇（上・下）』、『生きる事はおもしろい』、『ゆるやかな生き方』ほかがある。翻訳にチェーホフ『犬を連れた貴婦人』、リチャード・バック『かもめのジョナサン完全版』、ブルック・ニューマン『リトルターン』などがある。ニューヨークで発売された英文版『TARIKI』は大きな反響を呼び、2001年度「BOOK OF THE YEAR」（スピリチュアル部門）に選ばれた。小説のほか、音楽・美術・仏教など多岐にわたる文明批評的活動が注目され、02年度第50回菊池寛賞を受賞。04年には第38回仏教伝道文化賞を受賞。現在泉鏡花文学賞、吉川英治文学賞その他多くの選考委員をつとめる。『百寺巡礼』『21世紀仏教への旅』などのシリーズも注目を集めた。

本文 ――― WOOD HOUSE DESIGN

孤独《こどく》の力《ちから》
平成二十六年九月四日　第一刷発行
著者　五木寛之
発行者　川畑慈範
発行所　東京書籍株式会社
〒一一四―八五二四
東京都北区堀船二―一七―一
電話〇三（五三九〇）七五三一（営業）
〇三（五三九〇）七五〇七（編集）
印刷・製本　図書印刷株式会社

ISBN978-4-487-80904-2　C0095

http://www.tokyo-shoseki.co.jp